西顿野生动物小说全集

[加拿大] 欧·汤·西顿 著　庞海丽 译

蝙蝠阿特拉夫

吉林出版集团有限责任公司
全国百佳图书出版单位

图书在版编目（CIP）数据

蝙蝠阿特拉夫/（加）西顿著；庞海丽译. -- 长春：吉林出版集团股份有限公司，2015.7（2021.5重印）
（西顿野生动物小说全集）
ISBN 978-7-5534-7912-5

Ⅰ.①蝙… Ⅱ.①西… ②庞… Ⅲ.①儿童文学—短篇小说—小说集—加拿大—现代 Ⅳ.①I711.84

中国版本图书馆 CIP 数据核字 (2015) 第 142913 号

西顿野生动物小说全集
蝙蝠阿特拉夫

著　　者 /[加] 欧·汤·西顿
译　　者 / 庞海丽
出 版 人 / 齐　郁
选题策划 / 朱万军
责任编辑 / 孙　婷　　田　璐
封面设计 / 西木 Simo
封面插画 / 西木 Simo
版式设计 / 炎黄艺术
内文插画 / 赖云从
出　　版 / 吉林出版集团股份有限公司
发　　行 / 吉林出版集团青少年书刊发行有限公司
地　　址 / 吉林省长春市福祉大路 5788 号
邮政编码 / 130021
电　　话 / 0431-81629800
印　　刷 / 天津海德伟业印务有限公司
版　　次 / 2015 年 7 月第 1 版
印　　次 / 2021 年 5 月第 5 次印刷
开　　本 / 880mm×1230mm　1/32
印　　张 / 5.25
字　　数 / 75 千字
书　　号 / ISBN 978-7-5534-7912-5
定　　价 / 32.00 元

版权所有　　侵权必究

目　录

蝙蝠阿特拉夫 / 001

草原狼梯图 / 039

北极狐传奇 / 105

蝙蝠阿特拉夫

一

　　远处的山坡上有一条小河,河流的中段一个水洼接着一个水洼,水流从坡上流下,一个水洼注入一个水洼,就像在山坡上形成了层层的水梯田,这些水洼实际上都是水狸修筑的。水狸将水里的树锯倒来拦截流水,就形成了一个又一个像池子一样平静的水洼。就这样,各种各样可爱的动物齐聚于此,这里就成了水狸和它孩子们的生活领地。

　　山谷里的环境也使水狸的王国蒙上了一层神秘的色彩。一天之中，环境多变。尤其是在日落西山时，景色更是变幻多姿：当太阳沉入西边高耸的树冠时，整个森林就沉浸在一片柔和的光线中；接着，太阳的光线完全被遮住，但山和森林还没有陷入完全的黑暗；当太阳完全沉到山背后时，刚才还满是火烧云的天空慢慢地变成了灰色，这个时候，山谷的夜晚才真正到来。

　　不过，山谷的夜晚并不像人们想象的那样清静寂寞，这个时候，山谷河流的上空总有许多像树叶一样的东西在飞舞。它们可不是树叶，因为它们像野兽一样浑身长满了毛，此外，还长有一对非常大的翅膀。它们可以做出比鸟更加惊险的动作，譬如急停、翻筋斗、倒栽葱等，就像精灵一样。它们似鸟非鸟——它们的名字叫作蝙蝠。

　　蝙蝠是昏暗世界的统治者，森林河谷的上空就是它们彰显自己权力的舞台。当太阳落山时，蝙蝠就会沿着山谷飞来。这些最先飞来的蝙蝠个头并不大，但当夜幕正式拉开、夜色渐浓时，更大一些的黑蝙蝠就会成百上千地飞来，吵吵闹闹，就像聚集在屋檐下的燕子一样。随后，一只更大的蝙蝠悄无声息地飞来，它一身油亮的皮毛中夹杂着些许白色的细毛，翅膀宽大，平静地飞翔着，不像小蝙蝠那样吵闹不休，一看就是高贵不凡的。这只大蝙蝠总是不会早早登场，它就像一位国王一样，总要等群臣聚齐的时候才会登场。

　　蝙蝠聚在一起当然不是为了跳舞，尽管它们舞得让人眼花缭乱，忽上忽下忽左忽右，成千上万只布满了天空，在天空中追逐盘旋。每当夜幕降临，就是蝙蝠出来觅食之时，它们漫天飞翔，不过是在追逐它们的美食——蚊蝇等飞虫，当然，它们的最佳美食还是飞蛾。它们会量力而行，捕食大大小小的飞蛾。每一次捕食，它们都会精准地咬住飞蛾的身体，在飞翔中扯下飞蛾没有肉的翅膀和脚，因为它们只喜欢享用飞蛾肥美的身体。蝙蝠四处飞舞、捕杀，在它们的身边，到处飘荡着飞蛾等昆虫的翅膀和腿脚。

　　在飞舞的蝙蝠当中，有一只蝙蝠看上去与众不同。它的胸部高高隆起，好像长了两个肿瘤一样。若仔细观看，你会发现，那两个肿瘤样的东西不过是它的两个孩子，它们紧紧地抓伏在它的胸前，看起来就像两个肿瘤一样。

蝙蝠妈妈就这样带着自己的孩子沿着山谷飞翔，带着自己的孩子觅食。它忽而掠过水面，忽而又升上高空，越过树丛。每天晚上如此，从未中断。

后来，两只小蝙蝠实在太大了，蝙蝠妈妈再也带不动它俩了，就将两个孩子留在了巢穴中。巢穴建在大山里的一棵大枫树上，树上有一个树洞，洞口刚够蝙蝠妈妈自由出入，这样，孩子就不会受到鹰或其他大一点儿的动物的伤害了。蝙蝠妈妈每一次沿着山谷飞出去觅食时，这两只小蝙蝠就在树洞里静静地待着，等待着妈妈的归来。妈妈回来不但有飞蛾可以吃，有时候还有硬壳的昆虫可以吃。

两只蝙蝠虽然在一起生活，性格却大不相同，个头儿小的那个总爱生气，还老想多吃，个头儿稍大点儿的那个就显得沉稳老实多了。

蔷薇花开的六月过去了，雷雨频繁的七月已经到来了。两只蝙蝠的个头儿又长大了许多，翅翼张开时已经和自己的母亲差不多了，只是体重还比较轻而已。它们还没有自己出去觅食,每天还是静静地待在家里,等着母亲将美食带回家来。因为身体变大了,狭小的树洞里实在挤不下了,所以它们就停在树洞外的树枝上。

母亲一回来,小蝙蝠就会高兴地扇动着翅膀,它们的身体也跟着悬浮在空中。渐渐地,它们到了需要自己飞翔觅食的时候了。它们的妈妈开始了对小蝙蝠的飞行训练。

有一天晚上,蝙蝠妈妈带着美食回来了,却并没有落在孩子们近前,而是停在了离它们稍远一点儿的地方。饿着肚子的小蝙蝠急忙叫嚷着追了过去,但是它们的妈妈却似乎在躲着它们,又跳到了更远一些的地方。就这样追追停停,蝙蝠妈妈已经到了树枝的尽头,小蝙蝠抢先扑了过去,蝙蝠妈妈却又带着食物飞了起来,个子大一些的小蝙蝠由于用力过猛,一时立足不稳,从枝头上摔了下去。

小蝙蝠吓坏了,慌忙胡乱扇动自己的翅膀。奇怪的是,它忽然察觉自己并没有继续下坠,而是摇摇晃晃地飞了起来。虽然飞得一点儿也不稳,姿态也不优美,但是,它的确是飞起来了。毕竟是初次飞行,很快就累了,它摇摇晃晃的，眼看就要掉落到地上了。这时，在一旁照看它的妈妈迅速飞到小蝙蝠的下面，将它驮在自己的背上，然后送到了安全的地方。

小个儿的蝙蝠有点儿胆小，不想飞翔，但是在蝙蝠妈妈的严厉要求下，在大个儿的蝙蝠已经学会飞行后的第三天，它终于也飞起来了。

七月很快就要过去了，两只小蝙蝠的个头儿已经和成年蝙蝠一样大了，每到夜幕降临之时，它俩都会跟着母亲一起出去觅食。不过，它们的觅食技巧还需要在训练中提高。

二

有一次，一只独角仙鸣叫着从它俩面前飞过。两只小蝙蝠立刻放弃捕食飞蛾，赶过去追独角仙。很快，它俩便追上了。可是独角仙身上那层盔甲似的硬壳却让它们无可奈何，因为这身硬壳不但很滑而且很硬，很难咬得住，即使咬住了也不太能咬得动。眼看好几次的扑咬都失败了，妈妈追踪而来，飞近它们，对它俩说："孩子们，你们用心看着，看妈妈是怎么抓这种猎物的。"

蝙蝠妈妈随后做起了示范。它加快速度，追上独角仙，把自己尾巴处的皮弯曲成一个浅浅的袋子，边飞边向前一兜，独角仙就被装进了袋子，蝙蝠妈妈用自己的两只脚紧紧地按住独角仙，封住袋子，不让猎物跑出来。接着，它低下头来，用嘴将独角仙的翅膀和腿脚扯掉，独角仙坚硬的角也随之被撕下来。现在，剩下的就是独角仙那些柔软好吃的肉了。这一切，都是蝙蝠妈妈在飞行过程中非常从容地完成的。

接下来，蝙蝠妈妈便将处理好的美食抛给自己的孩子，可两只小蝙蝠还接不住，蝙蝠妈妈只好又飞快地飞下来，用尾巴做成的袋子接住下落的食物。一次又一次抛出，一次又一次兜取。小蝙蝠虽然还不能像成年蝙蝠那样随心所欲地用尾巴猎捕昆虫，但它们毕竟还是进行了一次非常有价值的学习，当然，它们最后还是吃到了妈妈留给它们的美食。

雷雨季节，打雷是常有的事，经常伴随着狂风暴雨，这样的天气里，蝙蝠们只好待在树洞里。但是有时候接连几天天气都是这样恶劣，蝙蝠们不得不拥挤在一个狭小的树洞里，又挤又饿，难受极了。好不容易熬到天晴，温度很快又蹿了起来，树洞里更是闷热难耐。有一天，那只小一点儿的蝙蝠实在受不了了，就不顾妈妈的劝阻溜出了树洞。

它倒挂在枝繁叶茂的树枝上。凉爽的风习习吹来，说不出的舒坦，小蝙蝠闭上了眼睛，尽情享受。尽管妈妈一个劲儿在树洞里招呼它回来，但是小蝙蝠只是随口应付着自己的母亲，并没有挪动一下。

天气真是太闷热了，树林里的鸟大部分都在树荫下静静地待着。可是有一些鸟却很不安分，它们狂躁地叫着，在树林里飞来飞去，寻找着猎物。一只大大的长着坚硬长喙的鸟发现一窝小雏鸟，就残忍地将它们吃掉了，意犹未尽的它又飞到高高的树梢上继续寻找目标。它看见浓密的树叶下吊着一个黑乎乎的东西，感到非常好奇，就飞了过去，用尖而长的嘴啄了一下。闭眼休息的小蝙蝠根本就没有躲闪，那尖尖的鸟嘴一下子就扎进了它的脑袋，小蝙蝠都来不及叫上一声就哆嗦着从树枝上跌落下去——死掉了。

小蝙蝠一直没有回到树洞中。大个儿的蝙蝠和它的妈妈都知道,它不会再回来了,虽然它们并不知道小个儿蝙蝠死亡的详情。

其实,还是有人目睹了小个儿蝙蝠的死亡经过。那天,一个男人来到小河边钓鳟鱼,他刚好坐在树下休息。他听到大鸟的叫声,接着就见什么东西从树上飘落下来。这个男人恰好是一个生物学家,看到这只被猎杀的蝙蝠,头骨上有一个好像是利器扎出的洞,就把它带回去做成了标本,并且在旁边注明了它的死因。

三

现在,只剩下了大个子的小蝙蝠与它的母亲一起生活。又过了几个月,小蝙蝠也终于长大了,它就是我们故事的主人公——阿特拉夫。阿特拉夫跟着母亲一起学习了很多的生存本领,虽然刚刚成年,阿特拉夫却一点儿也不比其他成年蝙蝠逊色。

比如整理毛发。阿特拉夫学会了蝙蝠们全套的梳洗流程。它先将身体的下半部分在水里打湿，然后飞到树枝上将自己倒挂起来，先用一只脚倒挂，这样就可以将身体充分地舒展开来，然后用带钩子的翅膀尖儿细细地梳理身体的每一个地方，梳理累了或者轮到用另一个翅膀尖儿梳理的时候，它就换用另一只脚来倒挂，这样既节省体力，又能充分地梳理身体的每一处。要清洗翅膀时，它会合拢翅膀，使劲摩擦，蹭掉上面的脏东西。这样清洗完之后，阿特拉夫在飞行时就会非常轻松，没有负担了。

在捕猎方面，阿特拉夫知道哪些东西是不能捕猎的，而且针对不同的小动物会采取不同的捕食方式。比如：它知道小蜜蜂被抓时会拼命挣扎，还会用蜇的方式与自己同归于尽，所以，小蜜蜂是不能抓的；飞蛾、蜻蜓可以在飞行中捕获；捕食独角仙则要用抄取的办法；想要捕食那种身形较大的蛾子，就必须从它们的上方猛攻，咬断它们的翅膀，这样才可以将它们抓住。

渐渐地，阿特拉夫的个头儿越来越大，但是并不笨拙，它甚至还能灵活地飞过只有自己一个翅翼宽的地方。当它飞快地掠过水面时，还懂得如何避过水里突然跃起的大鳟鱼。大鳟鱼有时候会跃出水面捕食水面上飞过的猎物，不小心躲避的话，蝙蝠这么大的动物也可能被拖入水中，而一旦被拖入水中，擅长飞行的蝙蝠怎么会是擅长游泳的鳟鱼的对手呢？

阿特拉夫对自己的飞行技艺非常自信，它有时还会从夜莺的嘴里抢夺食物。一旦发现夜莺在追赶飞蛾，阿特拉夫就会飞快地扑过去，抢先一步吃掉飞蛾。

盛夏到来之时，阿特拉夫终于可以独立生活了。这时，它的母亲也开始和它错开时间外出、归巢，它们依然住在同一个巢穴里。

四

如今，每到黄昏迫近之时，阿特拉夫的母亲就会比平常早出去些，回来也比平时晚了许多。阿特拉夫不知道母亲到底去了哪里，每次等到太阳快要升起时，母亲才会心神不定地回来。它发现，母亲的体态也发生了变化，原先瘦削的脸现在变胖了，饱满的闪着光泽的皮毛显得特别健康。

有一天黎明，几颗星星还在天空中闪烁着，突然，洞穴外传来一阵奇怪的声音，低沉而又有力。

阿特拉夫的母亲一下子惊醒了，马上起身飞了出去。阿特拉夫也紧跟着飞了出去。

天哪！成千上万的蝙蝠在漫天飞舞，翅膀振动发出"嗡嗡"的声音。它们和阿特拉夫是同一类，但是个头儿却远比阿特拉夫和它的母亲大得多，也要健壮得多。

这些健壮的蝙蝠身上透着一种高雅的贵族气息，它们缓缓地扇动着翅膀，那样子优雅极了。

在阿特拉夫惊叹之时，一对特别漂亮的蝙蝠依偎着飞了过来，一只体形稍大，一只体形稍小。小的居然是它的母亲！母亲幸福地依偎在大蝙蝠的身旁，而大蝙蝠的翅翼足有四十多厘米长，实在太强大了。

突然间，阿特拉夫有种被抛弃的感觉，想到母亲最近对自己的关心越来越少，阿特拉夫感觉特别孤独无助。

它悄无声息、无比难过地回到巢穴去睡觉。正在熟睡之时，阿特拉夫被惊醒了——原来母亲回来了，还带着那只大蝙蝠。阿特拉夫本能地向母亲靠了过去，可是那只大雄蝙蝠却向它露出了牙齿，吓唬它，不让它靠过来。阿特拉夫的母亲并没有劝阻。阿特拉夫心里一惊，觉得自己非常可怜，不再向母亲靠近，独自蜷缩在洞穴的一个角落里。

那只雄蝙蝠其实是阿特拉夫的父亲，此后，它再也没有吓唬过阿特拉夫。但是，阿特拉夫已经下定了决心，决定离开这个巢穴，再也不回来了。因为它觉得母亲爱上了别的蝙蝠，不再爱自己了，而且在那只大蝙蝠的面前，自己既不健壮也不优美，难免自惭形秽。

不久之后，阿特拉夫终于找到了一个属于自己的新巢穴，开始了新的、真正的独立的生活。

其实，在蝙蝠的世界里，蝙蝠的成长基本都是这个样子的。当蝙蝠爸爸和蝙蝠妈妈重新开始在一起生活时，也就是小蝙蝠独立生活之时，这时，小蝙蝠往往需要寻找一个新的家。

盛夏来临时，成年蝙蝠就开始了每天的恋爱舞会。舞会结束后就是新婚的开始。

秋天快要来临时，温度逐渐降低、猎物也逐渐减少。

这时，蝙蝠就需要长途飞行，甚至迁徙进行猎食。迁徙之前就需要进行不断地训练：组成圆圈，不断旋转地向高处飞。

一天，天快亮时，无数只成年的蝙蝠像乌云一样聚在了空中，形成了一个两层的巨大圆圈，上层是雄蝙蝠，下层是雌蝙蝠。它们忽上忽下，盘旋着离开河谷，向着山林的方向飞去。

当山顶被太阳染红时，蝙蝠们旋转着快速向南飞去。阿特拉夫是一只成年的雄蝙蝠，自然也随着这群雄蝙蝠一起飞翔。蝙蝠一般都是白天睡觉晚上觅食，为了觅食，它们不得不违反常规在白天迁徙。这群雄蝙蝠在阳光下一刻也没有停歇，直到夕阳落山时，才到达此行的第一个目的地——离住处相当远的南方森林，然后四处分散开来，各自找地方歇息。

而等雄蝙蝠远去后，雌蝙蝠才开始行动，用同样的方式到达同一片森林中。在迁徙的过程中，有些蝙蝠难免掉队，然后，它们基本上就永远从蝙蝠的队伍中消失了。

在那次迁徙中，阿特拉夫跟着父亲学到了很多非常巧妙的飞行方法。

其实这一天的迁徙不过是整个迁徙中的一小部分，在这里停留一两天后，蝙蝠群又会离开这片森林继续南飞，不论白天还是夜晚，它们都是一直向南飞翔，甚至沿着海岸线飞行。等北方树叶开始飘落的时候，阿特拉夫它们到达了温暖如春、枝繁叶茂的南国。在那里，每天晚上都会有大量的飞蛾漫天飞舞。阿特拉夫也和其他到达这里的蝙蝠一样，开始了在南方全新的生活。

五

南国，没有严寒，也没有特别明显的春天。蝙蝠们迁徙到这里就四散分开，分别组成了一些小小的群落。随后到达的雌蝙蝠并没有立刻寻找自己的丈夫。它们在各自的群落里自由生活，即便有时候会与丈夫相遇，也好像不认识一样地擦肩而过。

南国少有春天，也就缺少了北方春天来临时那种强烈的喜悦感。不知不觉间，阿特拉夫和其他蝙蝠一样开始思念起北方来。像所有的候鸟一样，这些蝙蝠也渴望返回北方。

渐渐地，阿特拉夫与其他蝙蝠一起结成一大群，重新北上。

这时的北方，已经是一片绿色的景象，在迁徙的过程中，蝙蝠并不是一直同行，有些会飞往其他的地方。随着春天的气息日渐明显，昆虫也渐渐地多了起来。可是春寒料峭，当寒流突然袭来的时候，蝙蝠就会停止飞行，找地方紧贴着相互取暖，像冬眠般悄无声息地静静等待着。

临近春天，天气总是会这样反反复复，在此过程中，有些动物身体太过虚弱，就会被大自然淘汰掉了。

寒流过去后，阳光开始普照大地，温度开始稳定回升。阿特拉夫它们又开始精神百倍地继续飞行。随着不断的飞行，熟悉的山川河流渐渐映入了眼帘。阿特拉夫开始有些激动，但是它最终没有停落在自己打小生活的那片森林，因为它总觉得那是雌蝙蝠的领地。

其实，这恰好就是蝙蝠的生活习性。雄蝙蝠多数时间都会生活在北部的高山上，它们并非一年到头都和自己的爱人生活在一起。只有到了繁殖季节，它们才会飞回到这片森林里,就像上一次阿特拉夫见到自己的母亲和父亲团聚一样。

雄蝙蝠继续飞行,蝙蝠的数量逐渐减少。当一片蓝幽幽的湖水出现在眼前时,阿特拉夫它们终于到达了自己的目的地。

随着阿特拉夫不断成长,它眼中的父亲也没有以往看起来那么高大了。渐渐地,阿特拉夫的速度、技巧、体力已经远远超过了一般的蝙蝠。就算是猫头鹰来袭击,阿特拉夫也能非常自如地逃脱。对于会上树的爬行动物的攻击,阿特拉夫也能轻松地避开了。

阿特拉夫飞行起来就像闪电一样迅捷,转瞬之间就可以完成回旋、翻筋斗,或者像自由落体一样地向下俯冲的动作。

在阿特拉夫现在居住的地方,每当太阳一落山,小型的蝙蝠就开始出动,出去觅食了。直到夜深之后,阿特拉夫它们这样的大型蝙蝠才出来觅食。一般来说,它们会先到河边喝水,不是停下来喝水,而是在飞行中喝水。之后,它们才开始一边飞行,一边捕食。填饱肚子之后,它们就进入了游戏时间,有些蝙蝠甚至还敢去戏弄猫头鹰，玩的就是心跳。

不过，在炎炎夏日的黄昏时分，到瀑布边玩耍才是阿特拉夫这些大型蝙蝠最喜欢的游戏项目。在这个游戏里，蝙蝠们会飞进瀑布，随水流坠落，在水快要跌入潭底时，迅速地逃开。玩这种游戏需要很高的技巧，时机把握不好就会被瀑布卷入深潭底部。这项游戏也是比较危险的，这个夏天，已经有几只蝙蝠被卷进了深潭，再也回不来了。

除了瀑布游戏，戏弄水里的大鳟鱼也是它们非常喜欢的一项游戏。大鳟鱼经常会跃出水面来捕食昆虫，有时候也会把掠过水面的蝙蝠拖入水中当作美餐。

阿特拉夫常常擦着水面滑翔，晃动水面引诱大鳟鱼飞跃出水。这也是一项极其危险的游戏，阿特拉夫曾目睹有的小蝙蝠挑逗水里的大鳟鱼，结果反被跃出水面的大鳟鱼一口吞下。尽管阿特拉夫非常优秀，但是有一次却因为对时间的计算稍有失误，而被一条大鳟鱼给咬掉了一块小小的尾巴尖儿。

六

阿特拉夫独自生活,把一个树洞当作自己的巢穴。

有一天,阿特拉夫正在自己的巢穴里休息,这时,树干上突然传来一阵"咚咚咚咚"的敲击声。原来是一只啄木鸟。它堵在洞口,正用自己坚硬的嘴啄着树干。它想要拓宽洞口,把这个树洞当作自己的窝。

阿特拉夫被吵得一整天都没有休息好。夜幕降临时,啄木鸟暂时停止了啄木头,阿特拉夫才离开了树洞,开始寻找新的巢穴。

很快,阿特拉夫就找到了一个新的巢穴,这个树洞比先前的那个宽敞得多。在迁入这个树洞几天之后,阿特拉夫捕食结束回到洞里,想要休息,就听到了洞口处传来奇怪的声音。阿特拉夫异常紧张,它忐忑不安地向外望去,发现洞口一片漆黑,一只大大的毛茸茸的动物钻了进来,用非常明亮的眼睛扫视了一下洞穴。洞口被堵了,阿特拉夫无路可逃。它害怕极了,只能紧张地蜷缩起身体。

其实那不过是一只鼯鼠,性格温和,也不吃蝙蝠。这只母鼯鼠快要生孩子了,它找到这个洞穴,想把它当作育婴房。于是,这只大眼睛的鼯鼠竟然和阿特拉夫共同生活在一个洞穴里了。

不久以后,鼯鼠妈妈生下了一窝可爱的孩子,阿特拉夫和鼯鼠一家也成了朋友。因为在一个洞穴中生活,它们相处得就像一家人一样。

阿特拉夫喜欢温暖,鼯鼠的孩子们也需要温暖,因此,当鼯鼠妈妈不在家时,阿特拉夫就和鼯鼠的孩子们靠在一起,相互取暖。

当附近的山谷中响起"嗬——"的声音时,鼯鼠和阿特拉夫都异常恐惧,因为这种低沉的声音正是它们共同的敌人猫头鹰发出来的。这种生活在美洲的大鸟专以蝙蝠、鼯鼠等动物为食。所以当听到这种声音时,阿拉特夫它们即使是饥肠辘辘,也必须待在洞穴里,直到声音远去。

"嗬——"可是这一次,声音越来越近了。害怕使得鼯鼠和阿特拉夫不想坐以待毙,无论如何它们都要出去打探一下。

可是，当首先出洞的鼯鼠向其他树枝一口气滑翔出七八米远时，猫头鹰也发现了它。鼯鼠滑到它要滑到的那棵树上后，马上在树的背面隐藏起来，准备寻找下一个滑翔目标，最好是一棵有洞穴或者是裂缝的树。这时，猫头鹰已经发现了它躲藏的地方，开始以迅猛的速度向它扑来。

危急关头，阿特拉夫飞速地扑向猫头鹰，径直地向着猫头鹰的脸飞了过去，在快要撞上时才迅速地转弯，巧妙地避开了。猫头鹰大吃一惊，就是这短短的一愣怔，阿特拉夫的朋友——那只鼯鼠已经滑到另一棵大树上，钻进树的裂缝里。

可是就在阿特拉夫飞离那只雄猫头鹰的一瞬间，它感觉自己的身体被重重地一击，摔在地上。原来是那只雄猫头鹰的妻子在后面增援。阿特拉夫只顾躲闪雄猫头鹰，一不小心撞到了雌猫头鹰锋利的脚爪上，所以摔到了地上。不过，这也让它幸运地躲开了雌猫头鹰的袭击。

阿特拉夫摔在地上后，迅速地爬起来，躲在了刚才鼯鼠躲藏的那棵树的裂缝里。两只猫头鹰扑近裂缝，朝里面窥探，伸出长长的爪子想去够躲在里面的猎物，发出那种令人害怕的"嗬嗬"声，阿特拉夫和鼯鼠躲在里面，紧靠在一起，缩在裂缝的最深处以躲避利爪，吓得大气也不敢出。

抓不着猎物，猫头鹰有些不耐烦了，它们把尖利的嘴磕得"嘎嘎"响。阿特拉夫和鼯鼠吓得心惊胆战。两只猫头鹰渐渐失去了耐心，留下一只候在那里，另一只就飞走觅食去了。猫头鹰没有离开，阿特拉夫和自己的朋友当然也不可能离开。整整一个夜晚，它们都是在树的裂缝中度过的，直到第二天早晨。

毕竟，猫头鹰还有自己的孩子需要喂养，所以那只猫头鹰最终还是极不情愿地飞走了。阿特拉夫和鼯鼠终于也可以离开了，回到那个属于它们自己的洞穴中，那里也有一窝小东西等待喂养。

七

对于蝙蝠来说，它们的敌人除了天上飞的猫头鹰外，还有能爬树进洞的鼬鼠，但是最让它们烦恼的是虱子。因为虱子会钻进它们的皮毛咬来咬去，咬得它们连觉也睡不着。

阿特拉夫很爱干净，经常清理自己的皮毛。清理时，它会用一只脚倒悬在树枝上，用另一只脚在皮毛中寻找虱子，找到了就咬死它们。但是当巢穴里爬满虱子、自己无处躲藏时，它就会忍痛放弃这个巢穴去另外寻找一个了。

阿特拉夫平时遇到的基本都是和自己一样的雄性蝙蝠，偶尔还会遇到自己的父亲，但父亲在它眼中已经不像以前那么强大健壮了，它们只是擦肩而过，彼此就像路人一样。

每天的生活都大同小异，阿特拉夫每天都在成长。在它们生活的湖区，还生活着许多人类。他们才是蝙蝠最危险的敌人。这些人在湖区斜坡上建了很大的灶，每天晚上，这个灶里都会散发出浓烈的烟味来，慢慢地向四周升腾起来，弥漫了整个天空。每天傍晚捕食开始时，就会有无数只蝙蝠朝着这个烟雾弥漫冒着火光的地方飞过去，想看个究竟。

有一次，阿特拉夫也飞到了这一地区的上空，但立刻就被奇怪的味道呛得够呛，于是赶紧离开了。可是有些蝙蝠由于吸入了太多这种气体而窒息得摔死在地上，有些蝙蝠则变得迷迷糊糊、行动迟缓，变成了鹰的腹中餐。这个地区空气污染非常严重，对于蝙蝠来讲，简直就像坟墓一样恐怖。

一天傍晚，阿特拉夫正在湖边飞行着觅食，就听"砰"的一声巨响，接着自己的胸部一阵剧痛，然后就向湖面摔了下去。幸运的是蝙蝠的皮毛都很密，不容易进水，所以阿特拉夫并未沉下去，只是在湖面上漂浮着，它扑扇着翅膀想向湖岸游去。

一个少年走过来，用一根木棍将湖面上漂浮着的阿特拉夫挑了起来，放了一个空罐子里，然后带回家放在了一个装有栏杆的箱子里。

原来，这个少年收到一把猎枪做自己的生日礼物，于是就选定蝙蝠来练习枪法。他根本不知道蝙蝠虽然长相不太好，但它们消灭害虫，也不骚扰人类，对人类很有益处。这个男孩不是一个爱搞恶作剧的人，将阿特拉夫关起来之后，他只是静静地看着。这个时候，他的妹妹也走了过来，用蓝色的大眼睛好奇地看着这个瑟瑟发抖的奇怪的东西：

"哥哥，给它喂点儿吃的吧！"

他们拿来一些面包屑放进箱子里。可是第二天早晨，那些面包屑还是一动不动地放在那里。孩子们又放了些肉、蔬菜和小虫进去，但是箱子里的蝙蝠还是一点儿都没有动。

他们的妈妈看到这种情况，就问自己的孩子们："宝贝儿们，有没有给它喂水呀？"

"哦，妈妈，我们忘了！"孩子们这才想去喂水。他们将装了水的盘子放进了箱子。一直趴在箱子里一动不动的蝙蝠立刻来到盘子边喝起水来。这么久了，阿特拉夫的喉咙已经干渴得快冒烟了。水喝下去之后，阿特拉夫的体力稍稍得到了恢复，它爬到箱子的一个角落，倒挂起来，开始睡觉。

又过了一个晚上，箱子里放着的肉和昆虫就都不见了，阿特拉夫已经把它们吃光了。

阿特拉夫身上并没有中弹，只是胸前的肌肉受了点儿损伤，所以进食之后，又休息了一阵子，体力就彻底恢复了。可是因为被困在箱子里，所以也没有飞翔的空间。

而且，少年和妹妹似乎并不想给阿特拉夫自由。

八

两周后，总来给阿特拉夫喂食的少年就再也没有出现过，只有他的妹妹来，也不过是送来食物就走了。他们从不打扫箱子，就这么粗心地照看着阿特拉夫。

后来，阿特拉夫才知道，小男孩所在的村里流行起一种恶性疾病，而小男孩染上了这种疾病。

一天，小女孩匆匆忙忙将食物扔给阿特拉夫就离开了，箱子的门也忘了锁。

到了晚上，阿特拉夫像平时一样用鼻子碰了碰栏杆，碰着碰着，没想到门一下子就碰开了，阿特拉夫立刻飞到屋里，朝一扇开着的窗子飞去，一下子就飞到了屋外，重新获得了自由。

阿特拉夫飞走之后，这个村庄里又多了几座新坟，包括那个小男孩和他的妹妹。原来，这个少年和他的妹妹都染上恶性的传染病，最后都病死了。而病菌的传播者就是蝙蝠捕食的猎物——苍蝇。人类猎杀蝙蝠，苍蝇的天敌少了，于是大量繁殖，传播病菌，给人类带来了灾难。从这个角度上说，这场灾难是由人类一手造成的。

在失去自由的那两个月时间里，阿特拉夫还被迫参加了一个实验。

那时少年所在的村子里有人生了病，村民们就请来了一个医生。医生听说村里的少年养了一只很大的蝙蝠，就打算用它来做实验，这只蝙蝠就是阿特拉夫。

医生抓住阿特拉夫，把柔软的蜡涂在它的眼睛上，又在蜡上面贴了一块橡皮膏。他想试验一下蝙蝠不用眼睛还能不能飞行。幸好这位医生并没有像以前的实验者那样残忍地弄瞎蝙蝠的眼睛来搞实验。贴好橡皮膏之后，医生的手一松，阿特拉夫就拍打着翅膀，摇摇晃晃地飞了起来，开始好像还找不着方向，但没过多久，它就像眼睛能看见一样灵活地飞翔了。接近天花板和墙壁的时候，它都会及时地转身，改变方向，继续飞行。见此情形，医生就想伸手抓住阿特拉夫，但阿特拉夫一下就躲开了。医生又拿出一个网罩，想罩住阿特拉夫，但阿特拉夫还是非常灵巧地避开了。即使是桌子下面或是椅子中间,阿特拉夫依然能巧妙地避开,并继续飞行。

就算医生在房间里拉上了许多的线,想阻拦它,阿特拉夫却一次也没有碰着。医生又在房间里放了一盆水,放进来一两只大个儿的苍蝇。阿特拉夫一边喝水,一边追逐苍蝇。等追到苍蝇并把它吃掉时,阿特拉夫已经很累了,它飞到房间的一个角落,倒挂起来休息。这个时候,医生赶紧用网罩网住它,才把它抓住。

蝙蝠的飞行并不完全靠眼睛,它的飞行姿态那么优雅,飞得那么巧妙,这就是蝙蝠与其他飞行动物之间最大的区别,也是最神奇的地方。

重获自由的阿特拉夫渐渐地成为一只出色的蝙蝠,它一生中精力最充沛的一段时期到来了。当夏天即将结束时,阿特拉夫的心中总有一种说不出的躁动。它不停地在森林中、湖面上迅猛地穿行,似乎把多余的精力给耗光了,才会觉得心情舒服一些。

九

阿特拉夫决定进行一次长距离的飞行,一方面是想检验一下自己翅膀的力量是否如常,另一方面也为了平复一下自己狂躁的心情。

　　飞行途中,阿特拉夫再次飞越了那个人类制造的危险地带,也就是自己被击落的那一地区。为了避开有毒的气体,它稍微改变了一下飞行路线。就在此时,阿特拉夫听到了其他蝙蝠"吱吱"的悲鸣声。它循声望去,看见一只像自己母亲个头儿一样大的蝙蝠正被鹰追逐着,情况极其危险,眼看那只蝙蝠就要落入鹰嘴了。阿特拉夫鸣叫着穿过鹰的面前,把专心捕猎的鹰吓了一跳,鹰的速度降了下来,就这么一瞬间,被追逐的那只小蝙蝠成功逃脱了鹰的追捕,飞到了茂密的树林里。

　　到嘴的猎物就这么溜了,鹰非常生气,于是将怒火转移到了阿特拉夫身上,可阿特拉夫的飞行技术实在是太高了,鹰自然又是扑空了。就在这时,阿特拉夫打了声呼哨,一下子飞远了,把无比生气却又无可奈何的鹰抛在了身后。

　　最近阿特拉夫的身体里总是有一种奇妙的感觉,急躁不安、压抑,但更多的似乎是空虚。每天它都会在进食后奋力地飞行,像是要将身体里的精力都发泄光一样。

这个季节，在湖畔生活着的大多数蝙蝠都像阿特拉夫一样，整天发泄着自己多余的精力。

在救下小蝙蝠回到洞里的当天，阿特拉夫倒悬着，久久难以入睡，它的眼前总是浮现出那只小蝙蝠的影子。它总想去看看那只小蝙蝠究竟怎么样了。于是，有一天，它终于鼓起勇气，振动着自己强有力的翅膀，迎风飞过湖面，向那次与小蝙蝠邂逅的地方飞去。它小心地避开毒气，飞到那个树林的上方后，振动翅膀悬在空中。很快，阿特拉夫隐隐感到小蝙蝠不在这里，于是，它就满怀信心地向远处飞去了。很快，它就发现了目标——那只个头儿比阿特拉夫要小的可爱的蝙蝠。

阿特拉夫哼着快乐的曲子向小蝙蝠靠了过去。小蝙蝠赶紧逃开，但似乎又不想逃得太远，总是若即若离，跟阿特拉夫保持着一段距离。

其实，这只小蝙蝠是一只雌蝙蝠，阿特拉夫开始恋爱了，所以它内心才会充满了激情和渴望，而本能使得它认定，这只小蝙蝠就是自己应该追求的对象。

阿特拉夫很快就追上了小蝙蝠，它们并排飞着，时不时相互摩擦一下翅膀，形影不离。一个星期后，两只

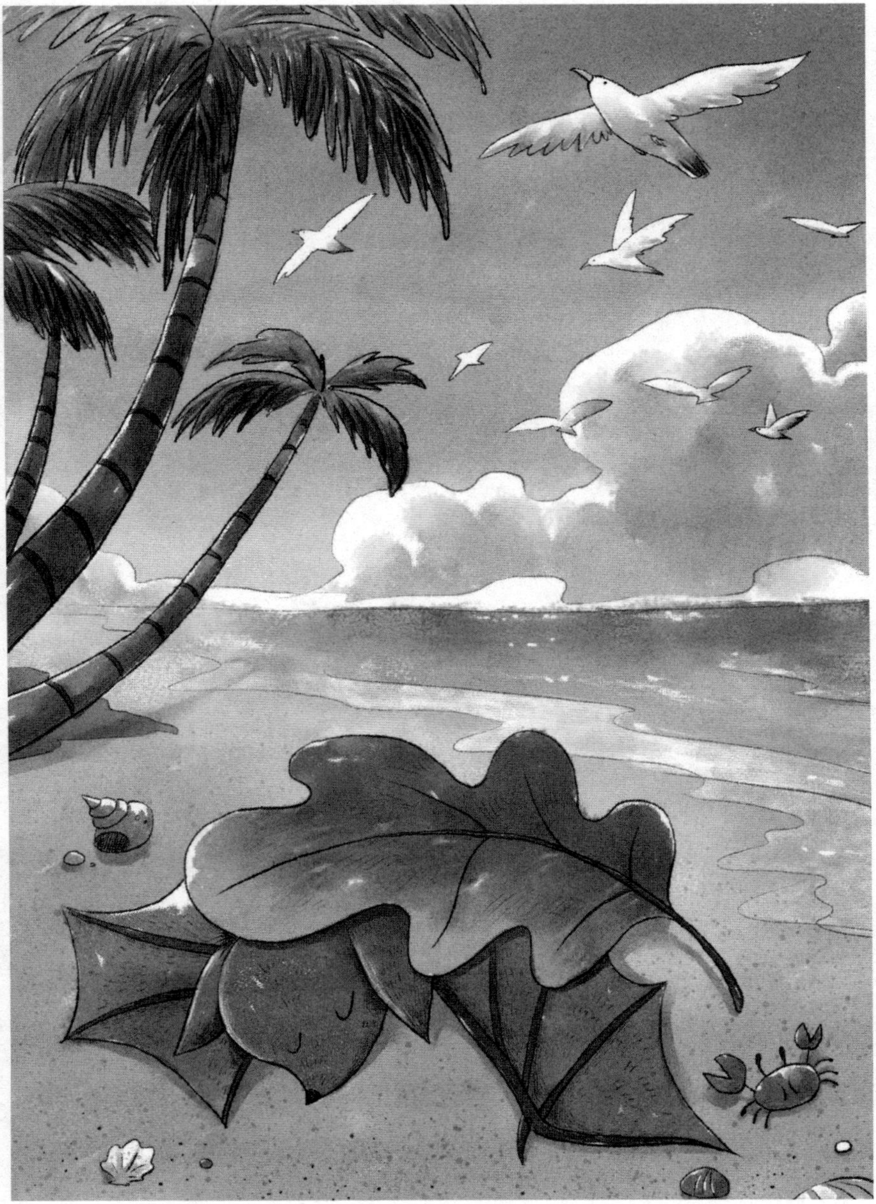

蝙蝠间你追我赶、耳鬓厮磨的激情渐渐地平息下来，阿特拉夫和小蝙蝠开始平静地结伴飞行。

恋爱季节过去之后，秋天又渐渐来临了。蝙蝠的热情开始降温，皮毛开始褪色。这个时候，迁徙又要开始了。此时，蝙蝠又雌雄分开开始结群。

终于，在寒意渐浓的某一天，雄蝙蝠先行开始了迁徙。几天之后，雌蝙蝠也踏上了迁徙之路。与蝙蝠同期迁徙的，还有燕群。燕子也是飞行高手，所以当两种飞行高手聚在一起时，飞行比赛自然少不了。燕子在前，蝙蝠就会去追赶；蝙蝠在前，燕子也会去追赶。互相的比拼，使得双方飞起来都像是闪电一样。

当气流到来时，燕子就会像冲浪选手一样踏着这股气流飞行，这样既快又省力。很快，蝙蝠也学会了这种技术，所以，尽管燕子在气流中冲浪时仍然鼓动着翅膀，但蝙蝠才是这场速度竞赛的最终获胜者。

当飞行到海岸边时，蝙蝠已经疲惫不堪了，虽然很饿，但首要的是先好好地睡上一觉。第二天早上，蝙蝠开始四处觅食，可空旷的海岸线上却很难见到猎物，而风却一阵比一阵寒冷，为了躲避严寒的袭击，这些蝙蝠就只能继续向南飞行。它们越飞越高,但是高处并不像以往感受到的那么温暖,当地面已被白雪覆盖之时,阿特拉夫和自己的伙伴还在飞行。下雪的日子非常不适合飞行,阿特拉夫和伙伴们不得不随便找一处可以藏身的地方,依偎在一起取暖,等待着第二天天气的好转。

天一亮,阿特拉夫它们就从藏身之处飞了出来,可是才向南飞行没多久,寒风再起,雾气四处弥漫开来。幸亏蝙蝠的飞行并不依赖眼睛,所以,即便身处浓雾里,蝙蝠仍然可以自如地飞行,不过,就是不能时时看到自己的伙伴,而自己身边的伙伴也会时隐时现。阿特拉夫它们当然不会弄错方向。浓雾渐渐地变淡了,阿特拉夫可以看到比较远的地方了,也可以看到前面飞行着的伙伴了,可是它也看到了令自己大吃一惊的东西。

十

让阿特拉夫大吃一惊的自然就是自己的敌人——鹰。

那只鹰此时也正在向南飞行。一路上,它都在忍受着饥饿的折磨。好不容易等到浓雾散开了,它一眼就看到了阿特拉夫它们这些蝙蝠。

当阿特拉夫看到鹰时,鹰已经向它扑过来了。

阿特拉夫虽然有点儿冷,但是,体力仍然充沛,飞行技术并未受到任何影响。所以当鹰扑过来时,阿特拉夫轻轻松松地就躲了过去。鹰自然不肯罢休,不断地向它发起攻击。看敌人这么顽固,阿特拉夫干脆一下子飞到了云层之上,这样,敌人自然再也追不上来了。在云层上飞了一段距离后,阿特拉夫感觉已经甩掉了那只鹰,于是就慢慢地降到了云层以下。可是,它再次大吃一惊——原来,它的身边已经看不到同伴了,放眼望去,只有身下茫茫的大海,没有山峰,没有树木,更没有歇脚的地方。阿特拉夫一下子失去了方向感,这个时候,就连可以提示方向的风也无比微弱。阿特拉夫一下子陷入了困境。

阿特拉夫疲惫极了,真想停下来休息一下;可是放弃飞行就会摔到海里被淹死,所以它只能尽力地依靠气流滑行。可是气流又很不稳定,翅膀振动了仅仅一会儿,阿特拉夫的身体便开始慢慢地下降了。

下面波涛汹涌，眼看就要把阿特拉夫淹没了。这个时候一阵鸟群的叫声传了过来。阿特拉夫回头一看，一群长着长翅膀的鸟正贴着海面飞行。因为担心是敌人，阿特拉夫赶紧又振作起来。当看到这些鸟和自己一样，也是朝着同一个方向飞的时候，阿特拉夫的心才放了下来。

现在，阿特拉夫虽然扇动着大大的翅膀，但那对翅膀却不像先前与燕子比赛时那么有力了，甚至时不时地会沾上海水。它呼吸急促，胸部剧烈地起伏着，咸咸的海水不时溅到嘴里，火辣辣的，略带苦味。

面对着茫茫的大海，耳中听到的除了海浪的声音外，再无别的声音。阿特拉夫失望极了，它缓缓地挥动着翅膀，无精打采地继续飞行。

当天色暗下来时，阿特拉夫又听到了那群大鸟的叫声。叫声并不是在行进中发出来的，像是它们聚集起来发出的喧哗声。那声音似乎离自己越来越近了。阿特拉夫重新振作起来，它似乎听到了海浪拍打堤岸的声音，听到了树叶在风中沙沙作响的声音。

陆地就在眼前了,阿特拉夫最后奋力地扇动了几下翅膀,一下子落在沙滩上不动了。

它实在太困了、太累了,什么都顾不了了。

一阵温柔的海风吹来一片树叶,像被子一样,正好盖在了阿特拉夫的身上。

第二天太阳升起时,阿特拉夫还在沉睡。幸好有树叶的遮挡,在明晃晃的阳光照耀下,飞翔的海鸟并没有发现阿特拉夫。潮水向海岸涌来时,也刚好没有涌到阿特拉夫熟睡的地方。当太阳又快要落山时,树叶下的阿特拉夫轻轻地抖动了一下,它缓缓睁开眼睛,掀开树叶,展开大大的翅膀,轻轻地飞上了天空。

它太渴了,想要大口大口地喝水。它飞到海边,却发现海水无法下咽,太苦了。在岩石包围的地方有个小水洼,这里汇集了不少的雨水,阿特拉夫飞过去痛痛快快地喝了一顿。

清甜的雨水让阿特拉夫很快恢复了活力,它开始捕食,陆地上的猎物很多,填饱肚子并不难。吃饱喝足后,阿特拉夫就在从远处传来的海浪声中满足地休息了。

阿特拉夫抵达的并非真正的大陆,不过是茫茫大海中的一个岛屿。阿特拉夫此后经常会到这里来,每一年,它都会照例飞回北方。

　　阿特拉夫就这样过着自己幸福的生活,虽然也曾历经种种艰辛,不过那些艰辛对它来说,早已成为一种无可取代的珍贵的生命体验。

草原狼梯图

一

在一个漆黑而又闷热的夏夜里，一个牧人正策马扬鞭奔跑在美国西部爱达荷州的巴特兰多大草原上。此人刚喝过酒，坐在马上摇摇晃晃的，似睡非睡。过了一会儿，马不跑了，开始拖着一条腿走路了。原来是它蹄子上钉着的马蹄铁嵌进了一颗小石子，牧人想察看一下马蹄子，就让马停了下来。他从马上下来时，本应让马缰绳耷拉到地上，这样，马就会待在原地不走了。可是，牧人当时醉醺醺的，所以，他错把缰绳扔到了马脑袋上。马领会错了意思，立刻抛下牧人跑了，很快就消失在了夜色之中。

牧人一想到还要走那么远的路，就感到厌烦了，于是他在近处的草窠中躺下来，呼呼地睡着了。牧人如果不在那样的地方睡觉的话，我们接下来要讲的故事就不会发生了。而牧人选择在那儿过夜是因为他的马的蹄子嵌进了小石头。

总之，这个故事是由西部那一望无际的大草原上的一颗小石头引起的。

牧人睡得很沉，不知不觉天就亮了。万缕晨光把巴特兰多远处的群山染成了金黄色，接着，山冈和草原也跟着明亮起来。

这时，有一只母草原狼嘴里叼着一只兔子匆匆而过。那是草原狼妈妈给它尚在襁褓中的孩子们运送吃的东西呢。

草原狼妈妈每走一步都特别小心。这附近的猎人想把草原狼赶尽杀绝，所以它一点儿都不敢大意。

草原狼每越过一个高冈,就会停下来观望一下。它先嗅嗅空气的味道,确定附近没有敌人后,便向洞穴入口处走去。它轻轻地呼唤了一声,这时,就跟变魔术一样,一些圆滚滚的特别可爱的小草原狼一个挨一个地从洞口里滚了出来。

这些小草原狼一边可爱地叫着,一边扑向妈妈叼回来的猎物。这些小狼一共有七只,它们的妈妈站在旁边欣喜地看着这七个孩子边叫边吃的一幕。

那个被马丢在草原上过了一夜的牧人叫杰克。草原的早晨温度很低,杰克被冻醒了。他刚一睁开眼睛,就看到了正越过近处山冈的草原狼的身影。很快,这只草原狼就在山冈的另一侧消失了。杰克起身登上了山冈,立刻就看到了山冈另一侧草原狼一家正在进食的一幕。

"太好啦!"杰克嘀咕着低下了头,从腰上拔出了手枪。

在这个地方,无论是谁杀死了草原狼都能得到一笔赏钱。因为草原狼总来残害人们饲养的鸡和羊。

杰克从山冈上偷偷地探出了脑袋,接着,他又靠近了一些,用颤抖的手握住了手枪。这时,小草原狼都吃饱了，它们的妈妈正在舔着它们的身子，趁此机会，杰克瞄准了它们的妈妈。

只听"砰"的一声，手枪响了，母草原狼"咕咚"一下子倒在地上死去了。小草原狼吓坏了，一个紧跟着一个快速地跑回了洞里。

杰克走下了山冈，一走到洞穴那儿，他就捡来一些大块的石头，把它们一块一块地填进了洞里，洞口就这样被他用石头堵上了。

七只小草原狼躲在洞穴深处，身子挤作一团瑟瑟发抖。而杰克则一边骂着他的马，一边朝近处的牧场走去。

当天下午，杰克带着他的一个朋友，拿着铁锹和镐头又返回了草原狼的洞口。

小草原狼一直在黑黢黢的洞穴里抖作一团，它们想必一直都在琢磨：妈妈为什么还不回来呢？过了一阵子，洞穴里忽地变亮了。小草原狼以为是妈妈回来了，那些抢先奔出去迎接妈妈的小草原狼都被打死了。两个男人用铁锹和镐头挖开了洞穴，把在洞里瑟瑟发抖的小家伙一只一只地都拽出来弄死了，随后，又把这些小狼崽子的尸体都扔进了袋子里。过后，他们还要带着它们到镇公所去换钱呢。

当最后一只小狼崽子被拖出来后,杰克对他的朋友说:

"等一下,别弄死它,就把它当作玩具送给牧场主的孩子玩吧!牧场主肯定会非常高兴的。"

于是,这只小草原狼捡了一条命。它同被打死的兄弟们一起被丢进了袋子里,小家伙一点儿也不知道究竟发生了什么事,只觉得身上很疼,它又很害怕,所以在袋子里仍抖个不停。

二

小草原狼在袋子里颠簸了很长时间,最后,袋子口张开了,它被拎着脑袋拽到了外面。它看到外面站着很多跟抓它的生物类似的生物,不仅有大的,还有一些小的——那是人类的小孩子。

牧场主从杰克手里接过那只活着的小草原狼后,就给了他一些钱,数目同他在镇公所得到的差不了多少。

孩子们一看到那只小草原狼,就问:"这是什么呀?"

站在那里的墨西哥牧人说:

"这是库天梯图。"库天梯图翻译过来就是小草原狼的意思。就这样,这只小草原狼就有了一个名字——梯图。

梯图身上的毛非常暄腾,特别可爱,长得很像一只小狗,两耳之间有很大一段距离,看上去稚气十足。但它却不像小狗那么讨人喜欢,总是拒人于千里之外,有人伸手想跟它交个朋友,它总是鬼鬼祟祟地躲开,迅速逃进自己的小窝。

梯图变成现在这个样子都是被人给吓的,可人们却嫌它不讨人喜欢。并且,他们想看它的时候,不论大人还是孩子,都会拽着链子把梯图从它的小窝里给拉出来。

梯图吓坏了,它经常会一声不吭地躺在地上装死,很长时间都一动不动。等人们一松开链子,它立刻就钻进自己的小窝,心惊胆战地盯着那些欺负它的人,眼睛里闪现着憎恨的光芒。

牧场里有个叫林肯的孩子,这个男孩日后很有出息，可在当时，他却是一个不折不扣的淘气包。牧场里的男孩子都想长大后当一个出色的猎人，所以没事儿就练习投套索。男孩林肯也总拿套索往木桩或树墩上面套，可是那些东西都不会动，所以他觉得很不过瘾。

于是他就把弟弟妹妹当成了猎物，结果遭到了父母的斥责，接下来他又瞄上了牧场里的那些狗，可它们跑得太快，他总是套不住，最后，他就看上了梯图。

梯图吃了不少套索的苦头，它的头和腰总是被套索勒住。不过，它也因此学会了怎样躲避套索，那就是把身子紧紧地贴伏在地面上。这一招它从此铭记于心。不经意间，男孩林肯居然教会了梯图如何躲过那可怕的套索。

见梯图掌握了躲避套索的方法，那个顽皮的小家伙林肯又以梯图为对象玩起了设置圈套的新游戏。

他拿来一个捕狐狸用的铁圈套，开始在梯图的小窝前安装这个装置。林肯曾见过大人下圈套，于是，他学着大人的样子，在梯图的小窝前挖了一个坑，然后把圈套埋在里面，又在上面搁了一块肉，做完后他就偷偷地躲到一边，注视这面的动静。

梯图闻到肉味，就从小窝里走了出来，刚走到肉跟前，它的脚马上就被圈套给夹住了。

"嗷——"梯图一边嗥叫一边拖着圈套逃进了自己的小窝。

"吼吼！"那个小淘气包学着印第安人的样子大叫着跳起来，他又把梯图从小窝里拽了出去，用绳子把梯图的身子缠了一圈之后，才把圈套解了下来。要是被大人们发现了，他肯定会被责骂的。

梯图中了两次圈套后，就知道了圈套的厉害。并且，它的小脑瓜里还形成了这样一个概念：那种铁的味道是很恐怖的。

有一天，梯图脖子上的链子扣儿开了，梯图缓慢地从小窝里跑了出去。一个牧人发现了，立刻就用鸟枪朝梯图射击。

"嗷——"梯图大叫一声，感到身上火烧火燎地疼，于是赶紧又跑回了自己的小窝，因为它只知道这么一个避难所。就这样，梯图又领略了猎枪的厉害。

梯图尝到的苦头还不止这些，更可怕的"实验"还在后面等着它呢！

西部的草原上总有狼来牧场捕食牛羊。大人们想给狼下毒来毒死它们，他们整天都在谈论着该如何给狼下毒，孩子们自然也听说了这件事。

淘气包林肯决定拿梯图做试验，给它喂一些有毒的食物，看看效果怎么样。

给狼下的毒是一种叫马钱子碱的药。这种毒药很可怕，只需取一点点，就能药死好几个人。大人平时都把这些东西放在小孩子够不到的地方，所以林肯只找到了平日里灭鼠用的毒药——"杀鼠剂"，他决定用杀鼠剂做这个试验。

三

林肯把蘸了杀鼠剂的肉扔到梯图的嘴边，然后他就蹲在旁边等着看试验的结果，他那样子俨然一副用动物做试验来确证新药疗效的科学家的样子。

梯图先用鼻子闻了闻那块肉。肉里除了有那个讨厌的小男孩手上的气味外，还有一种它不熟悉的味道。但那却不是铁的味道。于是梯图不假思索地把那块肉吞到了肚子里。

仅仅过了两三分钟,梯图的肚子就剧烈地疼起来,像被什么东西给扎了一样。它的身体抽搐成一团,不住地打哆嗦。

突然,"嘎"的一声,梯图把吃的东西都吐出来了。狼科动物都有一种把不能吃的食物全吐出来的本领。

梯图吐出毒肉后,立刻吃了一些细长的草,这种草是用来刺激胃的,胃受到刺激,才能把吃进身体的有毒食物吐干净。过了一个小时,它的身体就恢复正常了。

梯图吐出来的那块肉,林肯在上面放了大剂量的杀鼠剂,足够毒死十只草原狼。如果剂量少一些的话,梯图的肚子就不会这么快起反应了,那样一来,毒药就会在它体内慢慢地扩散,梯图想吐也来不及了,它的命估计就保不住了。

这样一来,可怕的毒药并没把梯图给毒死,反而让它牢牢地记住了毒药的厉害。

那个顽皮的小男孩的试验并未到此结束。

一天,林肯带来一只特别好战的布尔特利亚种的猎狗。小男孩又要做试验了,他想让狗和草原狼打架,看看谁更厉害。

布尔特利亚狗迅猛地扑向梯图。梯图根本不是对手,被打得落花流水。不过这又让它学会了一件事:遇到猎狗的攻击,不要同它正面交手,还是躲着它为好。

不久,家人发现了林肯的这个恶作剧,就把林肯训斥了一顿,并且不许他再这么做了。梯图才没有再被布尔特利亚狗欺负。

不知从何时起,梯图学会了飞扑猎物。它的猎物就是农场里的那些鸡。鸡群一往这边走,梯图就开始装睡。等鸡走近了,它就突然跳起来,飞扑过去。用这种办法,梯图弄死了好几只鸡。

梯图还有一个癖好,那就是嗥叫。它一天要嗥叫两次,早晚各一次。梯图也不清楚自己为什么要嗥叫,它就是不由自主地想叫唤。

"嗷呜、咔咔、呜噜噜噜——嗯",梯图一嗥叫,房子的窗户就"嘎啦啦"地打开了:"吵死了!"不知谁训斥了一声,随后就听"砰"的一声枪响,霰弹像雨点一样打在了梯图的身上。霰弹是打鸟专用的子弹,大小跟沙砾差不多，打在身上伤得并不重，但却非常疼痛。

即使是在白天，梯图要是听到了什么动静，也会大声叫起来，就跟狗听到什么不对劲的声音就大声地吠叫是一样的。梯图一叫，狗也紧跟着叫起来。不只那些狗，有那么一两次，山那面居然传来了草原狼的叫声。

因为梯图一叫就要挨枪打，所以它一听到房门或窗户"嘎啦啦"响，就马上停止嗥叫，现在，它好像越来越害怕枪和人了。

至此，对于毒药、圈套、枪、套索、猎狗和人类，梯图都一一接触过了。通常情况下，野生草原狼只要接触其中一种，就会付出生命的代价。

从某种意义上说，正因为经历了那些痛苦，重返野生环境后，梯图才会活那么久。所以，也可以说，梯图被人类抓回来是在接受某种特殊的训练，尽管这种训练对它而言难以忍受，极其痛苦，但却把它培养得顽强而又刚毅，为它重返野性世界继续生存下去打下了坚实的基础。

但现在梯图还被铁链拴着，等到解开铁链它才能获得自由。在这之前，它还要接受另外一些艰苦的训练。

四

这时,牧场里又新添了两只狗,梯图新的痛苦又要开始了。这两只猎狗都是古雷哈温多种的猎狗,向来以奔跑速度快而闻名。

牧场附近还有很多野生的草原狼,它们经常会咬死一些羊和小牛。牧场主买回这两只猎狗,就是为了对付那些草原狼。但这两只狗在追杀那些草原狼以前必须经过培训,于是,牧场主打算用梯图做陪练。

梯图现在已经长大了,小时候的那种幼稚可爱劲儿完全消失了,不再讨牧场主喜欢了。于是,梯图就被牧场主从它的小窝里拽了出来。松开拴着的铁链后,梯图被粗暴地扔进了一个布口袋里。然后,它被运到了四百米远的地方,当它被牧场主从袋子里拎了出来时,距此四百米的两只古雷哈温多狗也被解开了绳索,人们一个劲儿地挑唆它们:

"看那儿,快追!"

两只古雷哈温多狗于是顺着人们所指的方向追了过

去,梯图尚未搞清是怎么回事,就拼命往前逃了。

古雷哈温多狗跑起来速度极快,而且它们又是专门的猎狗,所以,梯图很快就被追上了。

猎狗只要再加把劲儿就能扑到梯图身上,并将它咬死。就在这时,梯图突然停了下来,猛地一个回转身,冲这两只猎狗摇起了尾巴。

猎狗吓了一跳,古雷哈温多狗向来都是扑向在逃的猎物并把它们咬死的,对于这种停下来摇着尾巴示好的对手,它们不知道该不该攻击。本来两只狗正以飞快的速度往前奔跑着,这么一迟疑,竟收不住脚,一下子从梯图身上越了过去,然后才又转过头来。这时,它们好像才看清楚梯图。那不是自家院子里养的那只草原狼吗?

"快扑上去!干掉它!"男人继续怂恿着,可是两只狗却似乎不愿意伤害梯图。

"好吧,那就再来一次吧!"男人这次让布尔特利亚狗也加入了训练的队伍。

梯图逃出一小段距离后,立刻又像刚才那样转身站住了,开始冲这几只猎狗摇动尾巴。古雷哈温多狗很快就安静下来。可是，布尔特利亚狗却毫不理会，冲着梯图飞扑过去。

梯图被咬住了，它被颠翻了个个儿，筋疲力尽地趴到了地上。

怂恿狗去追梯图的人当中，有一个刚从英国来的男人。他见梯图快被弄死了，就对牧场主说：

"把这只狼的尾巴留给我做个纪念怎么样？"

"没问题！"

听牧场主这么一说，英国男人就一把抓起了梯图的尾巴，然后用刀砍下来一半。

梯图"咕咚"一下子掉到了地上。它"嘎"地发出一声惨叫，连滚带爬地跑了。这回它可是拼死往外跑的。

古雷哈温多狗立刻追了出去。它们一见奔跑的动物，就忍不住地要追赶。布尔特利亚狗也跟着追了出去。看来，这次梯图是必死无疑了。

就在这时，一个棕色的东西挡在了梯图和狗之间，原来是一只兔子。兔子穿过去之后，梯图已经逃进草丛消失不见了。猎狗把横插进来的兔子看成了梯图，都朝兔子追去，兔子立刻就钻进了草原犬鼠挖的地洞。而梯图也脱险了。

吃过了数不清的苦头，到最后，梯图终于恢复了自由之身。但它却开始面临一个严峻的生存问题：以后再也不会有什么人给它送东西吃了，它必须自己出去找吃的。这可比想象的要难得多。

为了不让人们发现，梯图只得向远离牧场的方向走去。它不时停下来，舔着那条断尾上留下的伤口。

不久，梯图来到了一个草原犬鼠巢穴密集的地方。它立刻向这些猎物飞扑过去，却都以失败告终。

野生动物都具有三种智慧：第一种智慧是从祖先那里继承下来的，叫作本能，这种智慧是与生俱来的；第二种智慧是亲人和朋友们所教的；而第三种智慧则要经历一些痛苦，自己才会总结出来。

梯图身上更多的是第三种智慧，第二种智慧却为零，那第一种智慧还在它的体内酣睡着。

梯图的妈妈还没来得及教给它狩猎的方法就被牧人无情地杀掉了。所以，梯图对狩猎的知识一点儿也不懂。而草原狼要是不会狩猎，就只有饿着肚子等死的份儿。

五

梯图在牧场上被铁链子拴着时，只抓过几次走到它跟前的鸡。这种事谁都没有教过它，是梯图与生俱来的智慧，也就是那种被称为本能的智慧在引导它。现在，梯图刚回到大自然中，这种智慧就苏醒过来了。

在河岸茂密的草棵里，梯图发现了一只老鼠。但它却一直隐藏着没有动。等它认为时机到了，才一下子跳出来抓住那只老鼠，和抓鸡时用的方法相同。

几天后，梯图又用相同的方法分别抓住了松鼠、兔子、草原犬鼠、蜥蜴等。就这样，梯图的狩猎技术大幅度提高着。只过了一个月，它就能够自力更生了。在此期间，梯图还总结出了一条经验：发现猎物就追出去，不如让它们自己靠近。

一天，梯图吃尽苦头得来的第三种智慧救了它一命。当时，有人带着古雷哈温多狗跑了过来。梯图立刻紧紧地贴伏在地上，一动不动。结果狗和猎人都没有发现它，径直跑远了。梯图身上具有的第三种智慧出色地保护了它自己。

在这种情况下，如果是一只普通的草原狼，通常会爬到高处观察一下敌情，或者因瞧不起远处的敌人而大声地吼叫起来。这样，就暴露了自己。接下来，速度很快的猎狗就会在它身后追逐了，后面还跟着猎人，于是，野生草原狼往往会被猎枪打死。

草原狼向来都奔跑得极快，因此，很多草原狼特别自信。它们总是高估了自己，认为自己即使被敌人发现了也能跑掉，所以打心眼里看不起狗和猎人，最后却逃不脱被打死的命运。

而梯图从小到大都被铁链拴着，所以它的脚力很弱，也就没有其他草原狼的那种自信。因而它不依赖自己的脚，而是靠动脑筋，靠吃苦得到的智慧而生活下去。

梯图从不靠近任何一个牧场。而且，它一见人或其他一些它从未见过的动物也总是躲起来。在谋生方面，它每天捕食小动物的本领也越来越高超了。

整个夏天，梯图都是自己度过的。白天它还很充实，可是一到了晚上，它就倍感寂寞，总想大声地嗥几声。

不止梯图一个，无论哪只草原狼，每天傍晚和早晨都想叫唤几声。这大概是从它们的祖先那里继承下来的吧。

草原狼的叫声有多种含义，有时是为了召集同伴，有时是向近处的同伴传递特殊的信息，还有很多其他的意思。人类一般不清楚它们叫声里的含义。

草原狼晚上冲着草原上的月亮嗥叫，它的叫声立刻就会在那些生活在平原上的其他草原狼之间扩散开来。

"呜噢、呜噢、咕吵、呜噢、呜噢……"

那恐怖的、多少有点儿令人毛骨悚然的叫声在草原上反复地回荡着。

梯图也仰起脖子嗥叫起来。可是以前它每次嗥叫都要挨枪子儿，受点儿皮肉之苦，所以它总是低声地、有所顾忌地嗥叫短短的几声就停下了。即使现在，它嗥叫起来还是心有忌惮。有那么一两次，远处野生草原狼也跟着应和起来，梯图吓得赶紧停止了嗥叫，偷偷地从那个地方逃走了。由于它是从小被人类禁锢着养大的，所以一点儿也不知道野生的伙伴之间的事情。

有一天，梯图来到河边时，闻到地上有一股肉味。它使劲嗅了嗅，感觉那种味道很奇怪。可是，梯图已经饿了。自从恢复了自由身,它就总是饥一顿饱一顿的。

所以,梯图也没多想,找到那块肉后就把它吞进了肚子。

过了两三分钟,它的肚子就疼了起来,像是被什么东西给扎了一样,它浑身一个劲儿地发抖,嘴里还吐出了白沫,脑海里一下子浮现出了那个小男孩让它服食杀鼠剂时的情景。梯图立刻吃了一些草,把吃进肚子的肉给吐了出去。但这次的毒却是比灭鼠剂要强上数倍的马钱子碱,它已经大量地侵入了梯图的身体。现在,梯图浑身麻木,哆嗦着倒在了地上。

下毒的是牧人杰克。正好这会儿,杰克又骑着马回来巡视了。

六

听到地上传过来的马蹄声后,梯图想站起身来。吐出那块肉后,它的身体已经不再发抖了,但腿还不听它使唤,它使出全身的力气才站了起来,但靠的还只是它的两条前腿。

骑在马上的杰克发现了远处正在折腾的草原狼。他一边用鞭子催马快跑，一边拔出了手枪。

梯图想跑，可两条后腿却动弹不了。于是它只能在两条前腿上运足力气，用这两条腿拽着全身，拖着两条后腿往前跑。

此时，梯图胃里的余毒已经彻底清除了，但毒素却在它身体的各个部位游荡开来。如果它不赶紧跑，还躺在地上一动不动的话，那么再过五分钟，它就会死掉了。

可是现在梯图却靠着顽强的意志，不顾一切地移动着身体，这反倒救了它的命。

"砰、砰！"杰克瞄准草原狼开始射击。

梯图看见人和马逐渐地逼近了，并且，那可怕的枪声也随之响起，于是拼命地往前挪动两条前腿。它一边努力地活动后腿，一边用两只前爪抓着陡坡，拖着身体往前逃。

梯图这么一折腾，体内竟具有了热量，拥堵的血管竟一下子畅通了，有一些血液也流到了它的两条后腿上。总之，梯图那无论如何也要让后腿动起来的意志终于使后腿一点点地动起来了。对人类和动物来说，只有意志力才可能创造奇迹。

梯图的后腿终于动起来了。手枪再次响起时，它的后腿已经恢复了力气。于是，梯图飞一样地奔跑起来。

杰克不断地开着枪，使劲地催马在后面追赶。他这么做反而帮梯图恢复了元气，结果，他就再也追不上梯图了。

如果那天杰克是带着猎狗来的，梯图就没这么幸运了吧！杰克没带猎狗来是担心猎狗会吞吃毒肉。梯图对这种新毒药的味道变得刻骨铭心。此后，它再也不会上这种当了。

秋天快结束时，梯图已经变得同野生的草原狼没什么两样了。它已经完全像其他草原狼那样生活了。从祖先那里继承下来的那种被称为本能的智慧彻底苏醒了过来。它黄昏时的嗥叫声也比以前长了很多。

一天夜里，梯图又像往常一样大声地嗥叫着，很快，应和它的声音又传了过来。以前它一听到应和声，就会吓得偷偷地跑掉，可是那天梯图却没有跑。它又一次扬起了歌喉。

于是，附近立刻跑出了一个很大的动物。那是一只被覆黑毛的大草原狼，体形是梯图的一倍半，它是一只公草原狼。梯图是母草原狼。一看到那只公草原狼，梯图竟吓得浑身的毛都立了起来。不过，梯图并没有立刻逃走，或许是因为对方同自己长相一样吧！竟然还有同自己长得如此像的动物，梯图感到很奇怪。

梯图将身子贴伏在地上，静静地等候着。公草原狼一边抽动鼻子嗅着空气中的味道，一边向梯图靠近。渐渐地，它走到了梯图的身边，让梯图也来闻自己身体的气味。而且它一边走，一边还扬起尾巴，冲着它慢慢地摇动着。这是"我想和你交朋友"的意思。

梯图站起身来，弓起身子，这样更容易让对方嗅到自己的气味。同时，它还摇动起自己的那条短尾巴。从此，它们俩就成了好朋友。

那只公草原狼的肩部长有一块黑毛，面积还很大，看上去就像放了一个马鞍似的。由于有着这样明显的特点，所以，这只公草原狼后来就被牧人们叫作"黑坐骑"了。

从这一天开始,梯图和黑坐骑就经常在一起生活了。

它们白天分头行动，一到了晚上，无论哪一方站在高处大声地嗥叫一声，另一方都会立刻跑过去，然后它们俩再搭伴狩猎。

随后的日子里，第三只草原狼也加入了进来；接着，又出现了另外两只，它们都成了梯图的朋友。

梯图有着其他的草原狼所没有的智慧，那是它被人类抓走后受苦熬出来的智慧。用这些智慧，梯图多次把伙伴从危险中解救了出来。

这样一来，梯图的朋友们一致认为，同梯图在一起就是安全的，于是它们总是和它在一起。

七

有一个牧人在草原上喂养了二十只羊，由很厉害的库利种猎狗看守这群羊。有一天，有两只草原狼在袭击羊群时，被库利狗发现并追出了很远，好不容易才逃脱。

两三天后，那些草原狼又来到了这个羊群附近。这次梯图和黑坐骑也来了。黑坐骑身强体壮，跑得飞快，可惜智慧不足。所以，那天的猎羊行动应该是由梯图指挥的。

那些草原狼首先藏进了茂密的草丛里，然后，由奔跑极快的黑坐骑单独出来，向羊群走去，并且大声地嗥叫着。

听到狼嗥，牧羊犬一下子跳了出来。等牧羊犬来到近处之前，黑坐骑一直忍耐着不动。在牧羊犬靠近自己的一瞬间，黑坐骑猛地一个急转身，以极快的速度跑了出去，牧羊犬被引出了很远。

在牧羊犬追赶黑坐骑的这段时间里，梯图和另一些草原狼袭击了羊群。那些羊被它们赶得七零八散，往哪儿跑的都有，随后，它们追起了逃得最远的羊，接连咬倒了四只。

至于那只牧羊犬，追了半天也没能抓到黑坐骑；等它回到羊群待着的地方时，发现羊群里的羊已跑得到处都是了。天已经黑下来了，所以，牧羊犬和羊群的主人要在黑暗中找到"咩咩"叫唤的羊再把它们赶到一起，是相当困难的。

第二天早晨，牧人数了一下自己的羊，发现少了四只,于是他只好又出去找寻。可那四只羊一直被追出了老远,最后都被咬死了。从雪地上印着的脚印看,一定是草原狼干的。

牧人非常气恼,于是在死羊身上投了一些毒,就回去了。

第二天夜里,梯图它们再次回到了吃剩下的死羊身边。梯图立刻嗅出了毒药的气味。"危险哪!"它使劲嗥叫了一声,随后就在肉上拉了一堆屎,不想让大家再吃了。

可是偏有那么一只草原狼不听话,居然肆无忌惮地大嚼了起来。

没过多久,这只草原狼就被毒药折腾得像疯了一样。在梯图它们平安离开之后,这只草原狼倒在雪地上死掉了。

"我的家畜被草原狼给咬死了。"

"你那儿也是吗?我家更惨。那只短尾巴的草原狼特别狡猾。"

听了这些话,杰克才明白,干坏事的就是从自己干活的牧场逃走的那只草原狼。于是,杰克想用猎狗把那

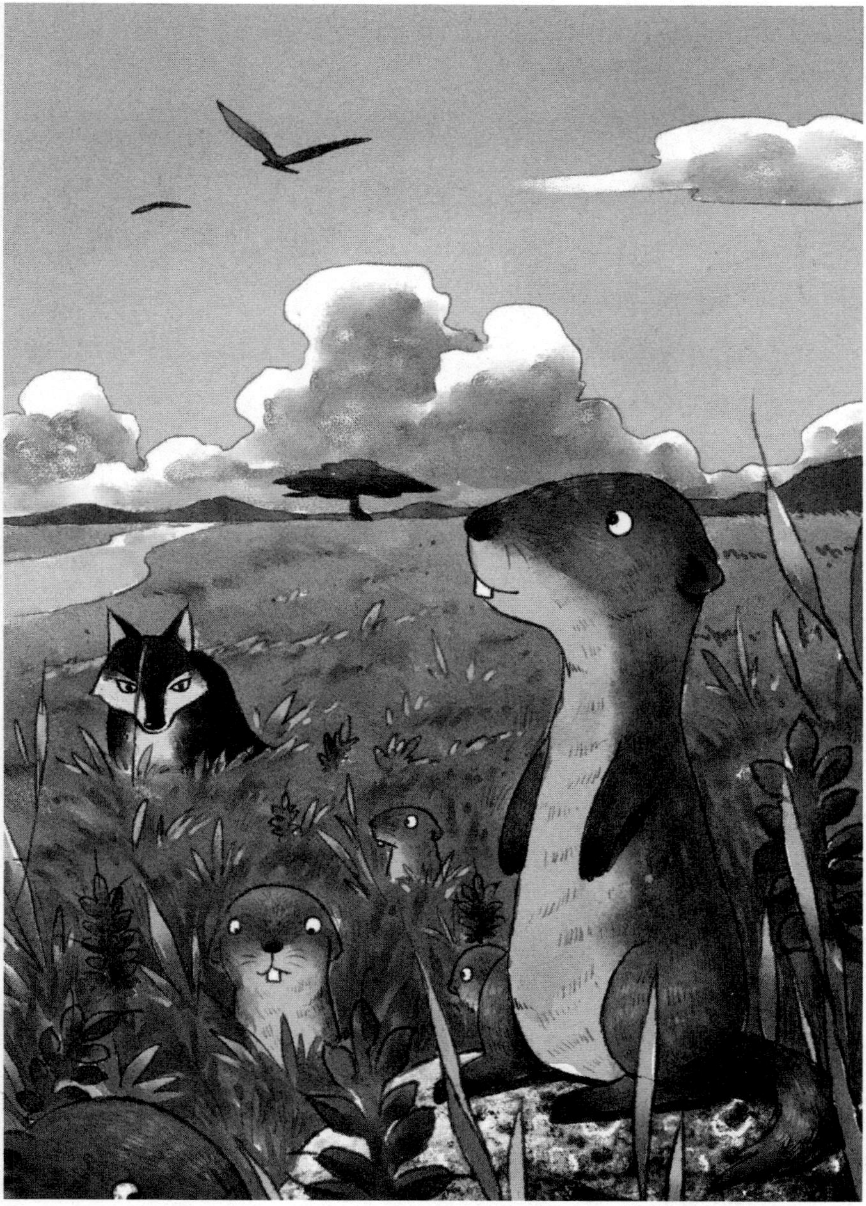

个地方的草原狼一网打尽,他确实也打死了几只,可是里面却没有短尾巴的。

"梯图,你这家伙给我出来!"杰克冲着草原大吼。

过了几天后,太阳刚落山,杰克所在牧场的附近又传来了草原狼的叫声。于是,像往常一样,牧场的猎狗一起吠叫了起来。十只猎狗中只有白色的布尔特利亚狗没被拴着。于是,布尔特利亚快如闪电般飞奔了出去。

但是,草原狼奔跑得更快。没过多久,布尔特利亚狗就嘟嘟嚷嚷地返回了。

可是,二十分钟后,草原狼的叫声又传来了。

布尔特利亚狗立刻像刚才一样跑了出去,这次它应该是追上了草原狼,它那"汪汪"的吠叫声逐渐远去了。不久,叫声就在远处消失了。此后,再没听到那只狗的吠叫声。

那天夜里,那只狗也没回到牧场来。

到了早晨,男人们出去寻找它时,从雪地上留下的痕迹才明白了昨晚发生的一切:

原来,前一天夜里,草原狼们嗥叫时,开始的嗥叫只是为了调查一下猎狗们是不是都被拴着。当它们看见跑出来的只有布尔特利亚狗时，五只草原狼就躲藏在了道路的一侧。然后，由一只草原狼出去再把布尔特利亚狗给引出来，将它带到伙伴们隐藏的地方，之后，大家一起扑上去把布尔特利亚狗咬死吃掉了。

雪地上残留的脚印清楚地说明了一切。而且，从那些草原狼的脚印上还可以看出，这一切都是梯图策划的。

另外，布尔特利亚狗被咬死的地方正是老早以前它扑咬梯图，让梯图吃尽了苦头的地方。

男孩林肯气得暴跳如雷，但杰克却平静地说：

"一报还一报，梯图向布尔特利亚狗报仇也是应该的。"

八

春天临近了。草原狼恋爱的季节到了。

冬天时，梯图和黑坐骑只是朋友关系。可春天一到，它们俩就比以前更亲密了。恋爱季节到来时，动物们都会举行特别隆重的恋爱仪式，但是梯图和黑坐骑之间却没有什么特别的仪式。不过,当另外一些公草原狼靠近梯图身边时,黑坐骑就会露出牙齿,意在吓唬那些公草原狼躲远点儿。

在以前的几个月,梯图和黑坐骑一直很友好,所以它们也用不着举行什么恋爱仪式了。它们比以前更亲近了,从朋友直接变成了恋人,进而结成了夫妻。

不止梯图和黑坐骑,其他的草原狼也都各自找到了脾气相投的异性伙伴并结成了夫妻。

草原狼一旦组建了家庭,就会从它们的群体中走出来。春天到来,气温升高,草原上经常会看到很多草原犬鼠和其他的小动物。对草原狼来说,捕捉猎物就容易多了。所以,它们也就没必要像冬天那样,由于猎物太少而群体狩猎了。

对离开群体的草原狼夫妻来说,还有大量的工作在等着它们呢。

最重要的一项工作是养儿育女,为此,它们要做的第一件事就是筑窝。梯图和黑坐骑也开始了这样的工作。草原狼的窝是往地下挖的。要选在不易被敌人发现的地方筑窝,附近还要有很多猎物。

梯图和黑坐骑四处转了一圈儿，在一块又小又暖和的洼地上找到了一个废旧的獾窝，它俩马上就相中了这个地方。它们先把这里清扫了一遍，然后再把这个洞穴挖宽挖深，之后又往里运了很多树叶和杂草。这样，一个宽敞舒适的窝就建成了。

它们的窝距河八百米左右，附近还有一座山冈，选址相当不错，日照非常充足。

梯图就快当妈妈了。它把所有的心思都花在了这件事上。梯图一直待在窝边的时候多了，在临产时，每天都是由黑坐骑来给它运送吃的东西。

在梯图的洞穴附近有一个草原犬鼠的大本营。由于草原犬鼠的叫声跟狗相似，所以人们还把它们叫作"草原之犬"。但它们却是老鼠的朋友。很多草原犬鼠家庭都聚到一起挖洞做窝，它们的窝附近就像城镇一样热闹，于是人们把那地方称为草原犬鼠之城。

梯图在牧场被割断尾巴逃出来的当天，它想捕食草原犬鼠却未得手的那个地方，就是现在它们家附近的这个草原犬鼠之城。但梯图现在的狩猎技术已经相当高超了。

有一天，梯图向那个草原犬鼠之城走去。

它在附近藏了起来，打算先观察一下那里的情况。

在草原犬鼠之城的附近，还有一些离群索居、单独挖洞的草原犬鼠。梯图就盯上了它们。

梯图偷偷地潜伏过去。周围一带只有一些矮草，根本不能把它的身子全都遮盖住，梯图该怎样做才能既靠近猎物又不被它们发现呢？

草原犬鼠是吃草的动物，它们吃草的时候都是头冲下的。这时它们是看不到周围的情况的。那只是极短的时间。就在这个极短的时间里，梯图还是往前靠近了一些。只要看到对方一抬头，它就一下子停住，像石头一样一动不动了。那样子跟死去了没有什么两样，而死了的动物是毫无危险的。于是草原犬鼠又低下头吃草了，梯图趁机又向猎物靠了过去。

梯图每次移动的距离只有一点点，但是积少成多。过了很长时间，它终于逐渐逼近了猎物。

有那么一两次，梯图还是被别的草原犬鼠发现了，它们随即发出了警告的叫声。这时，梯图立刻就变成了"石头"。

梯图从距离草原犬鼠五十米远的地方移到了十米远的地方，只剩下最后的五米了。对方还是没有发现它。

见草原犬鼠又开始低头吃草了。梯图就像弹簧一样跳了起来，箭一般扑向它的猎物，把对方按在了爪子底下。很快就把浑身乱动的猎物吃到了嘴里。为了自己和孩子们，梯图成了一个既拥有狩猎智慧又充满力量的草原狼。

九

梯图的狩猎技术确实进步很大，但并不是每一次都能成功。有一回，它想抓一只小羚羊，但母羚羊很快就冲了过来，结果梯图被羚羊角给顶了，差点儿要了命。

它还扑过响尾蛇，也曾被从远处看起来像豆粒一样小的猎人用长射程的来福枪射击过……除此之外，它还碰到过很多可怕的事。

草原上的大灰狼也是令草原狼特别害怕的敌人。一听到它们的叫声，梯图赶紧就跑到别的地方去捕捉猎物了。大灰狼比草原狼跑得慢，但它们体大力强，所以一旦被它们给追上了就不会有什么好下场。

梯图养成了一个怪毛病。它要是发现了什么东西，就算这个东西不能吃，它也要用嘴叼着运到别的地方去。例如，它会叼着人们废弃的鞋或野牛角，把这些东西运送到三四千米以外的地方。

可是，在搬运途中，要是有一些其他什么东西吸引了它的注意力，它就会把嘴里正叼着的东西吐到一边，再去搬运那些新发现的东西，而把以前搬运的东西给忘掉了。不只是梯图这样，其他的草原狼和大灰狼也大多具有这样的特点。

另外，草原狼和大灰狼在草原上四处游荡，如果在哪个地方看到一些石头、棍棒或者是野牛骨头，它们就会在这些东西上撒尿来留下自己的气味。由于同一样东西都被很多的狼所尿过，所以那地方就成了气味的记录站。经过那里的草原狼都会过去闻一下，看看谁曾来过，它们把运来的东西往旁边一丢，闻过气味后就直接走掉了。因此，这里经常会留下很多它们叼来的破烂玩意儿。

有一天，杰克在距离牧场很远的地方放置了几个毒饵。梯图经过那里时，闻出了其中有毒，就没吃。只是叼起三四个毒饵走了。

梯图往牧场的方向走去，不久就听到了狗群的叫声。于是它把叼着的肉扔了过去，自己则飞快地逃走了。

第二天，狗被解开铁链出来活动，一眼就看到了梯图丢在外边的肉，于是叼起那些有毒的肉，"吧嗒吧嗒"地吃掉了。不到几分钟，一只值四百美元的古雷哈温多猎狗就开始在附近折腾，过了一段时间便死掉了。

在草原犬鼠之城，梯图只在离城中心很远的地方抓到过一次草原犬鼠，此后，它就再也抓不到了。草原犬鼠之城周围有许多便于观望的地方，由于大多数草原犬鼠都是把窝筑在了一块儿，所以，草原犬鼠就总会有很多双眼睛在密切注视着四周，不管梯图怎样加小心靠近，都能被对方发现。

可是，梯图并不死心，它几次向那个城镇靠过去，因为那个镇的中心一带住着一只圆滚滚的、看上去特别好吃的草原犬鼠，再难梯图也想把它抓来吃到肚子里，但几次都失败了。毕竟，这只草原犬鼠的窝建在城镇的中心一带，所以，它的周围总有一些免费的哨兵。或许是由于整天被大家守护着从而能悠闲吃草的缘故吧,这只草原犬鼠肥得不得了,难怪被草原狼惦记。

草原狼总爱登到高处观察四周。另外,有什么奇怪的东西或是可疑的东西一出现,等对方一走,它们就会去察看那些脚印。

有一天,梯图在草原犬鼠之城附近张望时,突然传来一阵"嘎吱嘎吱"的声音,紧接着,一辆运货马车向这个方向驶了过来。梯图在一个便于瞭望的地方匍匐下来,一直保持着这一姿势,直到马车离开。

在经过此处时,从运货马车上忽然滚落下来一个小东西。

见运货马车走远了,梯图才小心翼翼地从刚才趴着的地方走了下去。它先闻了闻马车轧出来的痕迹,然后又检查了一下周围,地上有一个刚才从马车上滚落下来的东西。

那是一只青苹果。梯图凑过去闻了闻,没闻出有什么好吃,于是用鼻子尖戳了几下。它本来想就此走过去,可是苹果被太阳光一照,竟变得亮闪闪的,梯图就用前爪拨了一下,苹果就咕噜咕噜地滚了起来,看起来似乎很好玩儿，梯图的老毛病又犯了，叼起那只苹果准备运走。

这时，有两只隼飞了过来，草原犬鼠赶紧躲进了洞里，梯图就叼着苹果向这个已看不到草原犬鼠的城镇走来。

十

梯图一走进草原犬鼠镇，就径直向那只惦记了很久的草原犬鼠窝旁走去。那是一个很大的窝，平地的中间隆起了一个小土堆，上面开着一个小小的圆洞，那是洞穴的出入口，看上去就像一座小火山。

梯图把苹果放到了洞口的下方，然后在洞口前来回地嗅着，那种好吃的猎物的气味从洞里飘了出来。无论如何也要把这只猎物给抓到手，梯图一边琢磨着一边向距离这个洞穴二十米左右的地方走去，随后在那边的小草堆里蹲了下来。

不久，很多只草原犬鼠都从洞穴里探出了头，它们大叫了几声，表示"危险已经过去了，没有敌人了"。那只最肥的草原犬鼠是最后一个探出头的，它刚探出头来，就不由自主地哆嗦了一下，因为眼前有一个它从未见过的圆球，仔细一看，好像还不是什么特别危险的东西。于是，它悄悄地走过去，提鼻子闻了闻，一种很好闻的味道，好想咬一口尝尝啊！没想到就这么一碰，苹果竟咕噜咕噜地滚了起来。洞穴外面的土地非常坚硬，苹果滚出了老远。

肥犬鼠慌忙从后面追上来。终于咬到了，味道真甜哪！可它刚咬一口，苹果又滚出了老远。

附近没有可疑的身影，镇里的伙伴们也都到外面吃草去了，于是，这只肥犬鼠就放下心来，抖动着肥胖的身体去追赶滚动的苹果。

苹果一会儿往这边滚一下，一会儿又往那边滚一下，断断续续地向地势低的地方滚去，很快就要滚到梯图藏身的草丛了。

这只贪吃的小家伙每追上一次苹果，都要咬下一口，但它每次都只能咬下来一点点，所以就越发地想吃到嘴里了。它现在全部的注意力都在眼前这只苹果上，苹果以外的东西一点儿都看不见了。

又过了一会儿，肥犬鼠眼前的草丛突然一下子分开了,一个大个头儿的东西压在了它的身上。

就这样,这只肥肥的草原犬鼠终于被梯图抓住了,从此,它就从这个城镇里消失了。梯图饱餐了一顿,把吃剩下的都埋了起来,以备找不到食物时再来享用。

那天,梯图把苹果搁在草原犬鼠窝的旁边,是不是为了诱敌出洞才这么做的呢?这就不得而知了。

梯图生活的这块土地叫"巴特兰多",意为"险恶的土地",但是却没有比这块土地更加美丽的了。广阔的草原与山冈高低错落,放眼望去,群山连绵起伏,早晚的景色都美得无与伦比。但为什么还要叫它"险恶的土地"呢?那是因为这个地方距离城市很远,而且还没有道路直通这里。对人类来说,它不能算是一个很好的地方。

但对野生动物来说,这里却是一块理想的栖身之地。草原上生长的植物都比较低矮,平时看起来像是一块荒地,可是一到了春天,草原就被星星点点美丽的花朵所点缀,就连平日里不起眼的小植物也一齐开出了花,整个草原都沐浴在春天的怀抱里。

住在这个平原上的梯图也迎来了自己的春天,它的小宝宝降生了。小家伙们一共有九只,它们都小得不得了,还都是一点儿一点儿蠕动着的小肉团,但是对于做了妈妈的梯图来说,没有什么比它的孩子更珍贵的了。

在此之前,梯图只是把躲避危险、保护自己、寻找食物视为最重要的事,也可以说是生存所需。可是,当有了自己的孩子后,这些孩子就成了它生活中最重要的了。从此以后,它就把怎样才能保护这些孩子和给孩子找东西吃放在了第一位,而自己的事则放到了第二位。

梯图最在意的就是不能让敌人发现自己的窝,它每次出入洞口时都异常谨慎,先要四处观察一下,当确信附近没有敌人之后,才敢偷偷地进去或者出来。

梯图的孩子们一天天长大,很快,它们就能到洞穴外面玩耍了。妈妈或者是爸爸叼着猎物回来时,只要在洞口亲切地招呼一声,孩子们就会争先恐后地从洞穴里跑出来。实在是太可爱了。这种时候,梯图都会一直和蔼地守在旁边,观看着孩子们一边来回滚着玩耍一边吃东西的样子。

这时候,偶尔也会有敌人走过来,于是,梯图便立刻发出一声警告,小草原狼就都连滚带爬地躲进洞里。

然后，梯图不仅不能躲回去，还要勇敢地跳出来，转移敌人的视线。

梯图和黑坐骑既要守护洞穴和孩子，又要出去给孩子找食物吃，真是忙得不可开交。

十一

杰克既是牧人又是猎人。作为猎人，他曾被好几个农场雇去猎杀过狼。他自己没有多少钱，他也曾想买上一块地当农场主，可一想到买地还得拼命地干上几年，他就嫌麻烦而放弃了。

这么懒惰的人大概只适合养鸡，因为养鸡很省心，不用人干什么，鸡自然就会长大，还能不断地下蛋。

杰克正有此意，他买回来十二只比鸡大的能卖上高价的火鸡，还搭了一个鸡窝。刚买回来的两三天，他还特别用心地喂养，甚至还工作得有些忘我。

可是到了第四天，他就厌烦了。那时候镇上正好要举行一个庆祝会，杰克就把他的火鸡什么的都丢到了一边,参加庆祝会去了。

他当时还这么想:"像鸡这种动物,就是放任不管,它们也会自己找食吃的。"

从镇上回来后,杰克发现那十二只火鸡少了两三只,但他也没怎么放在心上。接着,他计划去一个特别好客的牧场主家,痛痛快快地玩上几天。

从那个牧场主家回来后,杰克发现那些火鸡又少了两三只,他以为是让人给偷去了,有些生气,但是还没怎么在意,因为他目前还有一些更重要的事要做,有一个牧场雇他去猎狼,所以杰克满脑子想的都是用什么方法才能猎到狼。

猎狼的方法有很多种,可以用捕狼机或者下毒,也可以用马和猎狗去追赶;此外就是找到狼窝,把那些狼崽子都弄死。在这些方法当中,要想干掉很多狼就只有找到狼窝,但是要找到狼窝却是极困难的。

先要爬到山顶或高冈这些便于观察的地方,然后密切地关注往来的狼,看它们到哪儿去给它们的孩子运送食物。这需要等待很长时间,而且得一直在一个地方趴着,需要耐得住寂寞。

可是这对懒汉杰克来说却求之不得。因为每天待在山上,他就是一天到晚地睡大觉,别人也不会说什么的。

牧场的雇主给杰克提供了马和捕狼机,甚至毒药。要是能捕到狼,那么这些东西连同奖金就全部归他所有了。

杰克现在骑着雇主的马,来到了高冈上。

找到便于观察的地方后,杰克从马上跳了下来,直接往地上一躺,就呼呼地睡了起来。

等他睡够了,起来观察了一下四周,见没有什么异常,于是,他又躺了下来,仰望着天空,很快又睡着了。

过了一段时间,杰克再次睁开眼睛,他往下看了看,还是什么都没看见。哪怕是看到一只草原狼也行啊,可他确实一只也没有看到。这实际上也是很正常的,因为那些草原狼为了躲避人类的捕猎,在草原上行走时,都是尽量挑选那些洼地和山坡上有遮拦的地方隐藏着身子行走的。

杰克每天都出去捕猎,一倒在山坡上就开始睡觉,只有睡够了才向四周看一眼,接着又马上躺下来。这样的生活持续了一段日子。

一天,杰克又像往常一样登上山坡,起来躺下重复了好几次,还是什么也没发现。不知爬起来第几次时,他无意中往山的另一面一看,在那一面陡坡的开阔地那儿,一个小黑点儿在不停地跃动着。

那黑点儿看上去就像是一个灰色的动物剪影,嘴里正叼着一个什么东西,杰克只看了一眼,就立刻明白了:

"是草原狼啊!"

那个剪影的尾巴梢向上翘着。如果是大灰狼,那么它的尾巴应该是细的,并且会水平或者稍稍向上;而换成狐狸的话,它的耳朵和尾巴应该更大一些;如果是一头鹿,它的脑袋和腿就会长一些,而且看不到尾巴。

杰克记住了那只草原狼出现的地方。第二天,他又登上了那座山,结果那天又是什么也没发现。可是他一眺望出现草原狼剪影的那个地方,就又看到了草原狼的剪影,那是梯图的丈夫黑坐骑,它的嘴里似乎正叼着什么。

杰克想看看它嘴里叼的是什么,就举起望远镜看了一眼,这下,他禁不住惊叫了起来:

"呀!那个坏蛋,它叼着火鸡呢!这回我可明白了,怪不得我家的火鸡老丢呢,原来都被这家伙给偷走了。

好啊,这次总算被我看到了,我一定要把它全家都给干掉!"

杰克气得暴跳如雷。

十二

杰克一直用眼睛追踪着那只草原狼的身影,直到看不见了才走下山坡,去察看草原狼经过的地方。如果地上有脚印之类的痕迹,就可以一直跟在它的后面追过去了,但是他一只脚印也没发现,那只草原狼到底去了什么地方,他最终还是没有搞清楚。

再说黑坐骑,它很快就回到了洞穴,把孩子们叫了出来,让它们吃从杰克家里弄来的这只火鸡。

梯图的孩子已经长得很大了,个个精力旺盛,它们朝着父亲带回来的猎物奔去,边扭打着,边把猎物拽到自己这一头,狼吞虎咽地啃咬起来。这些小草原狼长得有大有小,性格也各不相同,但是对梯图和黑坐骑来说,每一个孩子都是不可替代的。而在这些小草原狼的眼里，它们的双亲既慈祥又强大，是给它们提供食物并能保障它们安全的保护神。

但是，对牧场主和杰克来说，这相亲相爱的一家却是一群坏到不可饶恕的动物。草原狼偷鸡掠羊，甚至还弄死猎狗和小马，实在是群不折不扣的大坏蛋，每年它们都源源不断地下崽，那些小家伙很快就会长大，并逐渐地学会做坏事。

杰克现在气得火冒三丈。原打算养大了赚钱的火鸡，都被草原狼作为食物给抢走了。

"要是让我发现了它的崽子，我一定会活活地扒掉它们的皮！"

杰克不光嘴上这么说，心里也是这么想的。

杰克搜寻了好几次，可是没有一次能发现它们的洞穴。梯图和黑坐骑不会在自己的洞口前留下任何脚印。

杰克不愧是猎人。他一直拿着铁锹，以备在发现洞穴后能随时挖掘。

为了彻底查明它们的洞穴到底在哪里，杰克想起了最后一招，那就是拿来一只活鸡，放在地上当诱饵。然后，他就近隐藏起来。如果草原狼叼走了这只鸡，他就可以追踪了。这是因为，鸡只要一扑腾，羽毛就会散落到地上，成为杰克追踪草原狼的记号。不入虎穴焉得虎子，杰克不得不使用这个办法了。

杰克抓过一只白色的火鸡，带到了发现过黑坐骑身影的地方。他在火鸡腿上绑一根细绳，又把细绳的一端系在了一根圆木桩上。这样火鸡就不能随便乱跑了。做完这些以后，杰克就登上了近处一个便于向下瞭望的地方，在那里躺了下来，开始密切关注着这边的动静。

那只火鸡的脚被细绳系着不能走动，于是它"吧嗒吧嗒"地在原地不停地扇动着翅膀。它背上覆盖着白色的羽毛，再加上不停地扇动翅膀，所以非常惹眼，草原狼一定会发现它并向它跑过来的。

傍晚，出去狩猎的梯图正好溜达到那只火鸡的附近。实际上，梯图的洞穴离诱饵只有八百米左右的距离，所以，就是不放上这么一只鸡，它也是会走到这儿的。

梯图发现了那只火鸡，它停下来盯着这个猎物看了很长时间。火鸡使劲扑腾着翅膀，但它却好像不能往别的地方跑，现在要是跑去抓它的话，一定是轻而易举的。

可是地上怎么会有一只火鸡呢？而且看样子它还不想逃走，真是奇怪。如果过去抓火鸡，会不会发生什么可怕的事呢？梯图决定慎重起见，为了不被那只火鸡发现，它就偷偷地在附近来回地踱步盯着看。

看了半天，它还是看不出来那只火鸡到底有没有危险，在没弄清楚它是否危险以前最好还是不要碰它。于是，梯图什么也没做，就像往常一样走开了。过了一会儿，一股浓烟的气味飘了过来，它就顺着那股烟味走了过去。

它发现前面不远的地方坐着一个人，好像正准备在那儿过夜，地上点着一堆篝火，旁边拴着马，从火上支着的小锅里飘出来一股很浓的气味，那是咖啡的气味，这种味道梯图并不陌生，它被抓到牧场那些日子经常能闻到。

梯图立刻跑了，但它又十分担心，在距自己的洞穴不太远的地方竟发现了人类，这令它感到害怕。

那个在野外过夜的人正是杰克。他一点儿也不知道自己的帐篷附近曾有一只草原狼光顾过。当晚，他还把鸡带回了帐篷，第二天，又把鸡搁回了老地方，自己则躺下来呼呼地睡着了。

下午,突然传来了火鸡尖锐的叫声:"咯咯咯咯、咯咯咯!咯!"

杰克立刻跳起身,正好看到有一只草原狼叼着那只火鸡跑了。

十三

叼走火鸡的草原狼是那只黑坐骑。它叼住火鸡时,火鸡腿上拴着的那根细绳就被挣断了。黑坐骑叼着火鸡朝自己的洞穴跑去。

杰克等草原狼的身影一消失,立刻就跑了出去,虽然看不到草原狼了,但白色的羽毛却散落了一地,杰克循着羽毛追踪起来。

一开始,还能在地上看到很多白羽毛,可是后来白羽毛逐渐就变少了。尽管如此,如果每隔五十米落下来一根的话,那么杰克也能准确无误地追过去。

不久,天开始暗下来了,杰克一边仔细地搜寻羽毛一边往前走。可是，天色越来越暗了，羽毛落到了什么地方根本就看不清楚。此时，杰克已到了距离梯图的洞穴只有二百米的地方。

恰好这时，那九只小草原狼也已经走出了洞穴，冲着爸爸带回来的猎物飞扑过去，还大声地叫嚷着。所以，如果这时刮起了风，那风一定会把白羽毛刮到杰克身边的，杰克马上就会知道洞穴的所在；就算羽毛没有飘过来，风也一定会把这群小草原狼的吵嚷声传送到杰克的耳朵里。

但是，现在已到了晚上，一丝风也没有，而此时杰克又正忙着在草丛里寻找白羽毛。如果他到草丛的外面静静地倾听的话，或许还能听到小草原狼的叫声。而杰克却没有把头探出来，只是一味地弯着腰，在草丛里"咔嚓咔嚓"地走着，其他的声音他当然一点儿都听不见。

正在这时，梯图嘴里叼着一只喜鹊回来了。半路上，梯图就闻到了人的气味。于是，它边嗅着脚印边往前走，很快就来到了杰克潜入的草丛附近，那里离自己的洞穴已经很近了。

梯图吓了一跳，赶紧逃离了那个地方，它把嘴里的喜鹊藏好后，立即往自己的洞穴跑去。等它跑到自家附近一看，吓得浑身直打哆嗦——洞口四周，白色的羽毛像雪花一样撒落了一地，小草原狼们还在大声叫嚷着。

梯图立刻发出了警戒。

它那正喧闹的孩子们慌忙滚进了洞里，黑坐骑则呼啦一下子弹跳起来。

等小草原狼都钻进洞穴后，梯图又转身回到了那个猎人藏身的草丛。它记得那个人的气味，每次碰到什么倒霉的事之前，几乎都能闻到这个人的味道。如今看来，他肯定是要彻底查明自己洞穴的所在了。

梯图于是便横卧在了这个人所要经过的道路前面，它还以为人类也和它们一样，光靠追踪猎物的脚印才能追上猎物呢。追踪脚印时，梯图它们一般都会追逐味道很浓的新踩出来的脚印，所以它才会在人类前行的方向上弄上自己新留下的味道，它是想让那个人尾随自己留下的味道追过来，这样，就可以把他从洞口处引开了，那个人也就不会发现洞穴的所在了。

周围已经暗得看不清东西了。那个人还没有发现自己的迹象，还在草丛里找着呢。

梯图于是便大声地叫唤起来："咕噜噜噜、呜噢、呜噢、呜啊啊啊。"它想用叫声把敌人引过来。它就这样一边嗥叫，一边向敌人靠了过去。

天实在是太暗了，杰克已经看不清草原狼的身影了，他本打算放弃寻找白羽毛了，没想到近处却突然响起了草原狼的叫声。

"哈哈，果然如此，我明白了，洞穴就在附近哪！"他嘀咕着，"好吧，不着急，再让你们多活一晚，明天早晨我再回到这里，接着寻找你们的老巢。"

他这么琢磨着，返回了自己的宿营地。

黑坐骑以为战胜了人类，以为过了一个晚上，自己的脚印和气味消失之后，就不会有什么事了。

但是梯图却不那么想，那个人距离自己的洞穴太近了，实在让它放心不下。过了一会儿，它就和黑坐骑一起来到杰克的帐篷附近，对着夜空嗥叫起来，黑坐骑也跟着它吼叫着。

杰克本来快要睡着了，听到草原狼的叫声后，他自言自语地说道：

"知道了，不用再告诉我你们在哪儿了，等我明天早晨去端你们的老巢吧!"

十四

梯图和黑坐骑出来嗥叫的目的并不是想把杰克从帐篷里给引出来,而是想调查一下帐篷里到底有没有狗。叫过之后,发现没有狗向它们扑过来,它俩就知道杰克并没有带狗来,于是它们开始偷偷地向杰克的帐篷走去。

杰克很快就把草原狼的叫声抛在了脑后,呼呼地睡着了。

梯图和黑坐骑往帐篷那边走时被杰克的马发现了,马打起了响鼻儿,还不停地乱动着身体。马被拴在了树桩上,马一动,拴马的绳子就会跟着"啪啪"地响。梯图来到树桩跟前,张开大嘴,把拴马的绳子给咬断了。

绳子断时"扑哧"一声,把马给吓了一跳,它用蹄一蹬,然后使劲地跺地。杰克听到马的跺地声醒了一下,可他看见马还在近处站着,就翻了个身又酣睡过去了。

梯图咬断拴马的绳子后，立刻就离开了。过了一会儿，它又像影子般偷偷地返回。梯图放轻脚步，在这个呼呼大睡的人跟前来回走动；它闻了闻咖啡壶的味道，然后，把装有腊肉和面的袋子用嘴叼着运到了很远的地方，然后在地上挖了一个洞，把袋子埋了起来；接着，它又把系在矮树上的马缰绳弄得乱作一团。

那只黑坐骑跑哪儿去了呢？原来，它一直待在帐篷里，正在琢磨那个装满面包圈的平底锅呢，它想了一会儿，用两条后腿往锅里盖了一些土。

梯图和黑坐骑把杰克的帐篷弄得一团糟，之后就跑到了几千米以外的溪谷。

那个溪谷里的树长得非常茂密，它俩在这里找到了一个松鼠挖的洞，有很多动物都曾在这个洞里住过，不过，现在这个洞已经被废弃了。

梯图开始把这个洞挖大，黑坐骑一下子就明白了梯图的用意。看样子，孩子们现在住的洞穴已经被人类发现了，在这个溪谷挖一个新洞是想把孩子们给转移过来。梯图挖累了就来到外面，黑坐骑再接着挖。

就这样，它俩一连挖了好几个小时，这段时间里，它俩都是一声不吭，为什么要挖这个洞，梯图和黑坐骑现在心照不宣。

天亮的时候，溪谷里的这个新洞已经被挖得又宽又深了，转移的准备工作已经做好了。这个洞与以前它们住的洞相比稍微有点儿拥挤，尽管如此，也够它们住的了。

杰克在太阳升起来之前就睡醒了。在草原上宿营的人早晨起来后都要先看一眼他的坐骑。马就像划船人的船，如果没有了马，人在这片广阔的草原上继续旅行就显得举步维艰了。

杰克往拴马的地方看了一眼，可是那匹马却不知道跑哪儿去了。没办法，他只好先准备早饭，却发现平底锅里都是泥。他站起身来，抬头往远处一看，隐隐约约发现很远的地方有一匹马在低头吃草。

那匹马一边吃着草还一边往远处走去。再仔细一看，马缰绳已垂到了地上。

"好啊，看样子还能追上。"

杰克立刻向那匹马跑去。可是那匹马一看到杰克的身影，又开始往远处走了。它知道要是被人抓到就不能像现在这样随便走动了。

杰克眼瞅着就快抓到马缰绳了,马却一下子跑掉了,但是它却并没有跑出去很远,于是杰克又在后面追了起来,等快要追上时,马又跑远了一些……就这样,杰克和马都渐渐地靠近牧场了。

跑出十千米左右的距离时,杰克终于抓到了马缰绳。他一跨上马背,就催马一口气飞奔回了牧场。

到了牧场后,杰克先吃了早饭,又向牧场主借来了一副马鞍和一只猎狗,下午他又返回了草原。

要去昨天晚上他曾经去过的那个草丛,先要翻过一个高冈。可是,当他走过那个高冈的最高位置时,冷不防地与一只草原狼打了一个照面。

"哎呀,看来你是不想活命啦!"

杰克拔出了别在腰上的手枪。

草原狼嘴里叼着一只大兔子,飞快地奔逃了出去。

"呜——汪汪、汪汪!"猎狗大声吠叫着追了出去,杰克则扣动了扳机。"砰!砰!"枪声响过,却一发也没打中。"砰、砰、砰!"杰克较上劲了,可是子弹都打偏了。

"我就是打不死你,你也不会有什么好下场的。"

杰克嘀咕着。

那只草原狼被猎狗追累了,可它却还是不想扔掉嘴里叼着的兔子。

十五

杰克尽管没打中草原狼,可是却有意外收获。他在和草原狼相遇的地方发现了一个动物的洞穴。于是他等猎狗和草原狼的身影消失之后,马上就回到了那个洞口。

洞穴入口处的土还是新挖的,看来这个洞至今还有动物在住,一定是刚才跑掉的那只草原狼的,终于把它们的洞穴给找到了!

杰克高兴极了,立刻就用带来的铁锹挖起洞来。

"这里一定会有很多只小草原狼吧!不管怎么说,它们的爸爸或者是妈妈在往这里给它们运送兔子啊!能有几只呢?七只还是八只?"

杰克一边盘算着小草原狼的数量,以及能换来多少钱,一边用力地挖着洞。懒汉杰克很少这么卖力地干活。

杰克干了一两个小时，不久，天开始黑了。这时，已经接近这个洞穴隧道的终点了。

"只要再干一会儿就会有发现了！"杰克就像探宝的少年一样，兴高采烈地挥动着铁锹。

终于到达洞穴的终点了。

小草原狼应该会推推嚷嚷，像饭团子那样摞在一起，一点儿一点儿地蠕动着，可杰克却没发现一样动的东西。

"到头了？真奇怪呀！"杰克百思不得其解。在挖到中途时，还有很多迹象表明这个洞穴里有动物，比如隧道的土上还印着很多野兽的抓痕。

"好奇怪呀！竟然什么都没有，可那只草原狼为什么还叼着猎物来给它的孩子们运送吃的东西呢？"

杰克一边唠叨着，一边摘下了厚厚的皮手套，那副手套是专门用来抓草原狼的崽子的，因为大一些的小狼崽已经会咬人了，所以必须戴上一副结实点儿的手套。

杰克还是不死心，他用摘下了皮手套的手试探着摸了一下洞底，于是，一下子就触摸到了一个坚硬的东西。

"哎？什么东西呢？"

杰克把那东西抓出来一看，立刻大声骂不绝口：

"这个坏蛋！真该死！"

原来，那东西居然是他喂养的火鸡的头。杰克花了这么长时间好不容易挖出来的，只是一个被扔掉的火鸡头。

小草原狼到底都去了什么地方呢？实际上，那天上午，梯图就把它的孩子们一个一个地往新洞穴里搬了。同杰克冷不丁地打上照面时，它嘴里叼着的正是它最后一个孩子。

杰克把梯图嘴里的小草原狼误看成了兔子，如果梯图叼着的真是一只兔子什么的，那它一定会立刻丢下猎物而转身逃命的。但是，当时它叼着的却是自己的孩子，所以万万不能放下。

梯图叼着它最后一个孩子拼命地往前逃，猎狗大声吠叫着在后面追。

跑到陡坡那儿，梯图已经把猎狗落下了一截。很快，它便到了一个满是杂草的地方。这时，梯图已经累得筋疲力尽了，可它还在咬牙坚持着。

梯图终于离开草丛，跑到了一个开阔的地方，它用眼角一瞥，除了猎狗之外，刚才那个人也追过来了。杰

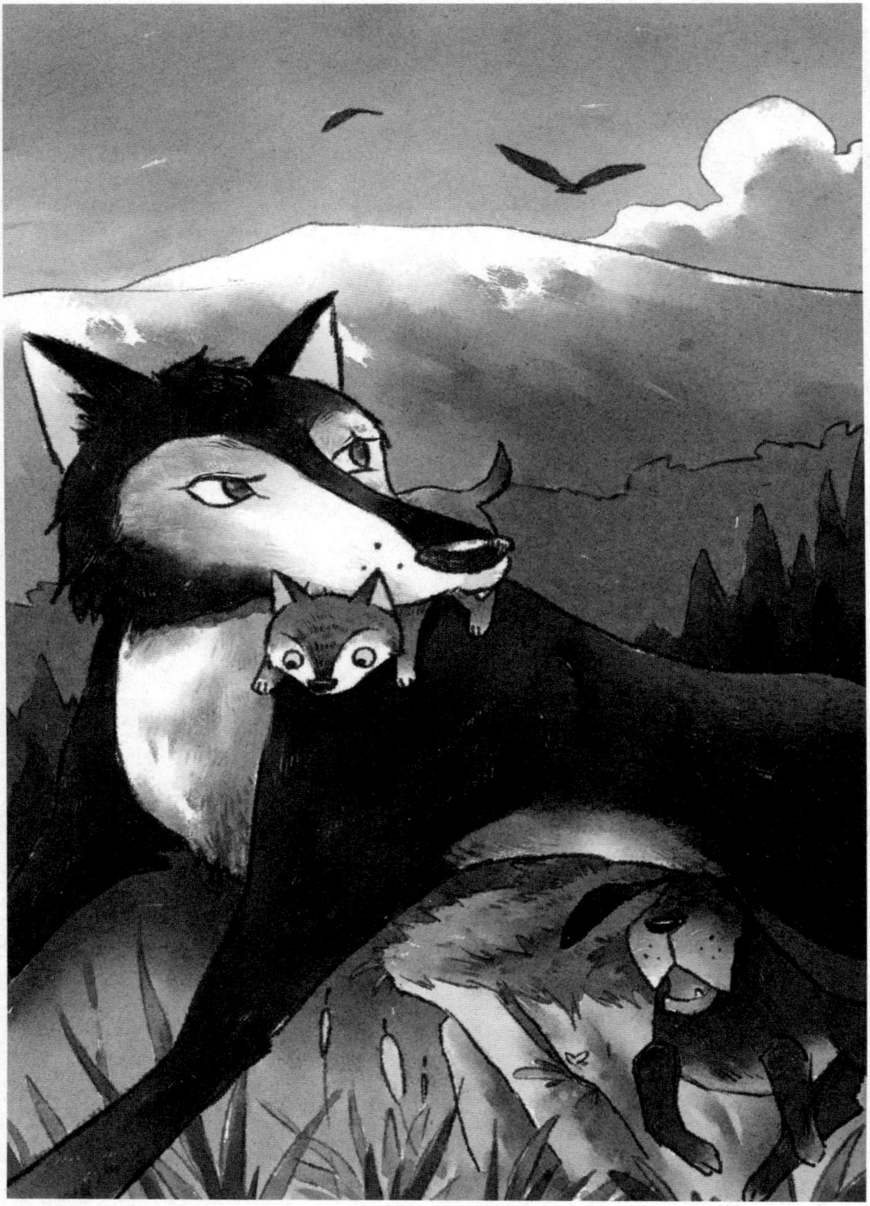

克胡乱地冲它开枪,却一发也没有打中,最后,他放弃了梯图,转而去找它的洞穴了。

那只猎狗却跟在梯图后面不想回去。换作平时,草原狼奔跑速度奇快,猎狗都会被甩在后面,可是现在猎狗感觉自己快要追到对手了,这多少令它觉得有趣。

猎狗距梯图只有九米远了,形势对梯图相当不利。

更要命的是,梯图的前方突然出现了一个陡峭的悬崖,底下是一个深谷。若在平时,梯图会一口气越过溪谷跳到对面的悬崖上去,这个溪谷虽然很深,但是两个悬崖之间的距离并不太远。

但是,现在梯图已经累了。从早晨开始它就陆续叼着九个孩子将它们一一搬到了新窝,现在,它一直叼着最后一个孩子往前跑,还从未休息过。所以,梯图虽然是跳到了对岸,但只是跳到了悬崖的边缘。而猎狗却是精神十足的,它一口气飞越了狭窄的溪谷。啊!太危险了!这时,梯图与猎狗的距离立刻就缩短了一半。

尽管如此,梯图还是一如既往地勇敢向前跑着。强烈的母爱使梯图能够继续跑下去。

十六

梯图往前跑的时候一直把它的孩子叼得很高,以免那些尖锐的树枝和杂草把它刮伤。

梯图早就想把孩子放到地上歇一会儿了,因为小草原狼一直被紧紧地叼着脖子,要是不放到地上让它喘口气儿,时间长了也会被憋死的。

梯图的体力已经到了极限,它多想呼唤丈夫过来帮它啊!但是它的嘴里叼着自己的孩子,开不了口。

另一方面,被梯图叼着的这只小草原狼也感到非常痛苦,就扭动了一下身子,这节骨眼上,梯图正想调整一下叼咬孩子的力度,于是小草原狼就从妈妈的嘴里掉了下来,滚落进了草丛里。

飞奔过来的猎狗立刻扑向了小草原狼。猎狗长得要比梯图高大得多,换作以往,梯图怎么也不敢同猎狗作战的。但是,现在却不一样了,梯图跳到了自己的孩子和猎狗之间,它头上的毛都立了起来,冲着猎狗露出了尖锐的牙齿。

"绝对不能碰我的孩子!"梯图用身体语言说着,

勇敢地面对着猎狗。那只猎狗以前也不怎么勇敢,所以看到梯图一副豁出去的样子,它竟有些胆怯了。

趁这工夫,梯图发出了求救的叫声:

"咻呜、咻呜、呜呜咻呜、嗷!"

梯图的叫声也传到了猎人杰克的耳朵里。不过,由于声音在山丘间四处回荡着,所以分不清梯图的叫声来自何方。

远处另一只草原狼也叫了起来。

猎狗一听到叫声,又鼓起勇气向小草原狼扑了过去,可是梯图却拼死守护它的孩子,于是它们俩展开了激烈的战斗。

实际上,自从它们揪打在一起时,梯图就已经发不出求救的声音了。

到目前为止,还没有谁过来帮它,并且,只一会儿工夫,身体瘦小的梯图就被猎狗给压在了身下。猎狗想弄死梯图,它已经露出了尖锐的牙齿。

突然,近处的草窠里射出了一支灰箭,直接冲向了猎狗,转瞬间猎狗就被甩了出去。

那支灰箭正是黑坐骑。黑坐骑同那只猎狗长得一般大，一冲过来，它立刻就同猎狗厮咬到了一起，梯图也跳过来帮忙。

猎狗慌忙想逃走，可是已经来不及了，黑坐骑如闪电般追上来，一下子就把它给拽倒了。

差点儿就失去了孩子的梯图现在怒火中烧，那只猎狗就连向人类求救的时间都没有，转瞬间被撕得稀烂。

战斗结束之后，梯图和黑坐骑一起向溪谷中的那个新家走去，当然，嘴里还叼着那只已经平安无事了的小狼。

那个溪谷离牧场特别远，所以梯图一家得以在那里和平地生活。梯图教给孩子们各种生存的本领，小草原狼长大后又把它们学到的东西传给了自己的孩子。

此后，很多野牛和羚羊都从西部草原上消失了，它们是被猎人给打死的。

除此之外，还有很多草原动物都像融化了的雪一样彻底消失了。但是，到处都能听到草原狼的歌声。

在这片人类不断使用圈套、猎枪、毒药和猎狗来捕杀野生动物的可怕的土地上，教给草原狼如何生存的，就是我们这个故事的主人公——梯图。

北极狐传奇

一

在北极圈内一个被大海环绕的岛上,有一座鸟儿们栖息的、满是悬崖峭壁的高山。白天,白色的海鸥在海边飞翔,它们在寻找一些小型的海鸟和小鱼虾吃。此外,还有其他各种各样的海鸟,它们有的在陡峭的山崖上筑巢,有的在海面上追逐海浪。

这个岛很大,岛上的这座山也很大,从山顶上向下眺望，岛海相连，分不清哪里是岛，哪里是海。环顾四周，根本看不到人类的房屋和渔船的影子。一到冬天，整个岛屿都会被冰雪覆盖起来，到处白茫茫的，一片银色的世界。只有到了春天，这个岛上才会在冰雪消融后慢慢地显露出土地那本来的黑色面庞，这时，绿草也开始从土地里长出来。

太阳下山了，海岸边的夕阳浸染出的血红色也渐渐地褪去了。海鸟叽叽喳喳的喧闹声一下子平静了下来，这个时候，你如果侧耳倾听，就会听到远处传来很微弱但并不动听的叫声：

"咕噜噜——"

"咕噜噜——"

"咕噜噜——"

"咕噜噜——"

……

这种叫声与夕阳西下时聚集在海边悬崖上的无数海鸟那悦耳动听的叫声完全不同。有时，这种声音好像还是从不同的地方传过来的。

每当听到这种叫声，猎人们就会说：

"这不是海鸟的叫声,这是一种野兽在叫,但它是在哪个山丘上叫唤呢?"

这种叫声是由北极狐发出来的。北极狐非常有灵性,它居住在北极地区的山川或森林里。这种声音,北极草原上的项圈北极鼠和在海岩上睡觉的海鸥们太熟悉了,因为北极狐是它们的天敌。

正在叫唤的这只北极狐名叫卡塔。它在夜晚或者是清晨的大喊其实是在讴歌春天呢。

它通身的颜色都是雪白的,白天它若是站在无雪的岩石上,或是在湛蓝的天空映照下,那油亮银白的背影就会显得特别耀眼。但是,它的速度快如闪电,它只要一动,身影就会立即消失,根本不知道它跑到哪儿去了。

虽然已经进入了五月,但北极地区依然很冷。卡塔把头高高地仰起,对着天空,放声高歌。

其实,北极狐是在唱情歌,一到发情的季节,发育成熟的北极狐就会唱起献给心上人的情歌。

夜幕已经降临了,卡塔却还在漆黑的岛上到处奔跑着,它满脑子只有一个念头,就是唱它那不动听甚至是令人毛骨悚然的情歌,哪怕是唱上一个晚上。

大自然母亲曾经这样告诉过卡塔：

"如果你有什么难以抑制的情感时，一定要这样大声地叫喊，而且要在你经过的道路旁留下记号，写下你的愿望。"

当然，大自然母亲把留记号的方法也一并传授给了卡塔。

"必须在你所经之处的石头上留下绿色的记号，以警告那些未经许可而闯入你领地的敌人从你的领地里滚出去；如果你肚子饿了，就留下白色的记号；如果你想恋爱，就留红色的记号。"

大自然母亲并没有赐给卡塔所有的这些颜色，但是大自然母亲告诉卡塔，可以根据不同的心情释放出不同的气味，或者排出散发着不同气味的尿。这种气味和尿所起到的效果同颜色一样。

茫茫夜色中，卡塔四处奔走，它时而停下来，在岩石上撒下表示自己寂寞心情的尿。

其实，此刻的卡塔并不知道它的叫声是什么情歌，它只知道自己要向这个世界宣泄一种心情，想让其他的同类明白自己的想法：

"我是一个单身汉！单身一个！一个呀……"

北极地区每年一到五月，白天就变得漫长了。慢慢地，海边的冰也开始融化，沙滩也渐渐显露了出来。这时，卡塔所中意的美食也多了起来，比如，鱼虾、北极鼠、海鸟等。但是，此刻的卡塔却是食不知味，因为它现在无论做什么，都有一种深深的寂寞感在心头萦绕，怎么也驱散不了。

每当寂寞难耐时，卡塔就会一边唱着它那并不动听的情歌，一边在周围的岩石上撒尿来表达自己难以抑制的激情。

二

总不能无休止地一直这么唱下去吧？

当然不会了！大自然母亲早已做了精心的安排。

就在第七天夜里，卡塔像往常一样唱起了情歌，它一边唱着歌一边漫无目地走着。走着走着，远处突然传来了一阵高声叫喊。这是一种拉着长音的叫声，海鸟的声音根本不是这个样子的。

不过,卡塔不仅清楚地听到了这声叫喊,而且一下子就明白了这叫声所蕴含的意思,这一点卡塔是绝对不会弄错的。

卡塔耸动着嗅觉极其灵敏的鼻子,嗅了嗅空中的气味,顿时兴奋得两眼冒出光来。

它略微思考了一下,接着,就飞快地奔跑起来。

北极地区泛着淡淡亮光的夜色中,卡塔像一阵风似的向着刚才声音发出的方向跑去,一口气就跑出了两千米。

很快,卡塔找到了声音的来源。

卡塔那双在夜间依然非常敏锐的眼睛向山丘斜坡那边张望着,就见一棵树下站着一只白色的动物。卡塔想也没有想就立即朝那边跑过去了。

奔跑中,风迅速地传来一种信息。此刻,不知从哪里又跑出了另外一只白色的动物。空气中混合着两只白色动物的信息,卡塔已经很清楚地判断出来了。

原来是两只狐狸,一雄一雌啊!

"这只出色的雌狐狸应该听到过我的歌声吧?它的

样子似乎并不讨厌我！但是，它旁边的那只雄狐狸可是对我充满了敌意啊，那家伙能比我更强壮吗？"

卡塔爬到山丘顶上，叉开腿，又唱起了那支之前一直在唱的情歌。它的竞争对手，那只雄狐狸毫不示弱，也站在一个高处，唱起了相同内容的歌来。

那只雌狐狸躲在树影里不动声色地摆动着尾巴。

卡塔和对手都撑着身体向后退，雌狐狸如果是这只雄狐狸的妻子，见此情形就会立即跑到自己丈夫身边。但是，此刻那只雌狐狸依然站在树影里，来回不停地摆动着自己的尾巴，观看着卡塔和另一只雄狐狸的对决。

明确了对方与雌狐狸的关系之后，两只雄狐狸开始互相逼近，在相距五米左右的地方，双方都停了下来，相互敌视着，在自己的周围画着圈。画完圈之后，两位竞争者就滴溜溜地绕着圈子来回跑，这样做是想通过奔跑带来的风传送的信息来判断对方的实力。

当两只雄狐狸相互怒视着对方，树下的雌狐狸仍然摆动着尾巴，一动也不动，也没有什么特别的表情。

对峙了一会儿，两只雄狐狸竖起尾巴吼叫着向对方发起了进攻。它们先是相互冲撞，彼此撕咬对方的脖子……渐渐地，那只雄狐狸不是卡塔的对手，被卡塔撞倒在地。但它又迅速地爬起来，与卡塔厮咬在一起。但第二个回合那只雄狐狸还是战败了。

第三个回合刚开始，雄狐狸再次被撞倒在地上，这一次，它不敢恋战，从地上翻起身来飞快地逃跑了。在动物世界里，从战场上逃跑就意味着失败。可是，那只纯白的雌狐狸却并没有为卡塔欢呼，此刻，它还在那棵树下站着，仍然像以前一样摆动着尾巴。

等对手一败走，卡塔立即就向雌狐狸跑去，出乎意料的是，纯白的雌狐狸却躲开它逃跑了。卡塔迅速追了上去，可雌狐狸却回过头朝卡塔很不友善地龇着牙。

雌狐狸那副凶相让卡塔感到有些害怕，但它并不死心。雌狐狸一逃，它就跟在后边追，而它一追，雌狐狸就又转过身来朝它龇牙。

你追我赶，反反复复进行了好多次，雌狐狸终于趴在地上，不再逃跑了。但是，当卡塔刚想靠近它时，它又低声吼叫起来，那意思好像是在说：

"别靠近，站在那儿别动！"

在等待雌狐狸情绪好转的过程中，卡塔突然发现刚才败走的那只雄狐狸的身影在附近的山丘上一闪而过，显然，那只雄狐狸并未彻底放弃，还不肯承认自己已经彻底失败了。

"不能再等了！"想到这里，卡塔起身向雌狐狸靠拢过来，雌狐狸像是用鼻子哼哼似的发出了撒娇声。卡塔马上停住脚步趴在了地上，雌狐狸开始缓慢地向后退，但是退着退着，身后的两块岩石便挡住了它的退路。

雌狐狸只好面向卡塔，可卡塔再往前靠拢，它就又吼叫着龇起了牙。

无奈，卡塔只好又向后退，趴到了地上。

雌狐狸与卡塔就这样一动不动地注视着对方。忽然，附近的树丛里传来了"咔嚓、咔嚓"的声音。

三

从草丛里钻出来一只北极鼠，那声音就是它发出来的。

卡塔快如闪电般将这只北极鼠按在脚下，一口就把垂死挣扎的北极鼠给咬死了。接着，它叼着猎物走向了一旁的雌狐狸。

卡塔把猎物放到雌狐狸的脚旁，然后向后退，眼睛时刻盯着雌狐狸，观察着它有什么反应。

看着眼前的美味，雌狐狸好像特别犹豫："到底该不该接受呢？"

犹豫了片刻，雌狐狸提起鼻子闻了闻，随即就吃掉了卡塔赠予它的北极鼠。

雌狐狸接受了卡塔送给自己的美味，心情一下子变舒畅了，举止间也变得温柔了许多。当卡塔再次靠近它时，它没有再次躲避。

卡塔同这只雌狐狸结为了夫妻。

卡塔的妻子，这只雌狐狸名叫瑞格。

婚后，这对狐狸夫妻就一起狩猎、四处闯荡。它们就像度蜜月的新婚夫妻一样，每天只顾尽情地玩乐。而这个时候，别的狐狸夫妻早已经挖好了自己的洞穴。

直到玩够了，它们才开始寻找合适的地方来建造自己的家。

卡塔原本打算在悬崖下找个地方建造洞穴，妻子却没有看上它选的地方。

"还有比这儿更好的地方呢！你呀，啥也不懂！"

它嗔怪地看了卡塔一眼，领着新婚的丈夫又到别处寻找去了。

最后，它们在一个低矮的山丘间停下了脚步。这里有两块大岩石，岩石间窄窄的通道刚好能钻过去，在这里建造洞穴再合适不过了。

地点确定下来后，瑞格开始在两块岩石间挖洞。

五月的骄阳火辣辣地照着，岩石间冻住的土已经开始融化了，所以，它很快就挖了前腿那么深的一个坑。

再往下挖就是冻土层了。土还冻着没有融化，没有办法挖。卡塔于是过来替换瑞格继续挖洞，可是下面的土真的太坚硬了，卡塔也挖不动。夫妻两个只好暂且作罢，先出去狩猎。

实际上，狐狸随时都可以找个避风的地方睡觉，用不着专门去建造自己的洞穴。因为它们那长满浓密长毛的尾巴，可以卷起来盖住身体，它们身上的皮毛还像毯子一样暖和。当它们把身体蜷缩起来，再用尾巴盖上，就可以舒舒服服睡一个暖和觉了。

那么，卡塔和瑞格这对狐狸夫妻为什么还要去挖属于自己的洞穴呢？

其实这完全是大自然的安排。这个时候，卡塔和瑞格都觉得它们必须挖个洞穴了。第二天，它们又回到昨天那个地方继续挖。昨天还坚硬的冻土因为暴露在太阳光下，现在已经变得很松软了，不过，还是不能深挖，因为下面的土依然冻着，硬得像石头一般。

接下来的日子，卡塔夫妻俩每天都一起来挖洞，挖到硬的冻土，就出去狩猎。然后第二天再来挖。

没过几天，冻土层终于被挖穿了，接下来挖洞就变得轻松多了。

挖洞变成了一件轻松的活儿，它们便迷上了挖洞。它们在洞穴中挖出了一条隧道，慢慢地，隧道都有卡塔身长的五倍了。

在隧道里面稍微向上的地方，它们挖了另外一个洞穴，这个洞穴很宽敞，连瑞格整个身子钻进去周围还有空隙呢。在这个宽敞的洞穴里，只有松软的土，上面什么也没有铺。因为是洞穴，没有可以采光的窗户，所以，里面显得特别暗。

在北极这样高寒的地域，即使到了春天，有的地方依然会残留有冰雪。冰面化开后，下面露出了绿色的海水，当绿色的海水与残冰在月光下闪闪发光之时，瑞格的举止开始变得与平时不大一样了。

四

瑞格开始变得特别护食，还不太容易接近了。

有一天，瑞格杀死一只北极鼠，将它带了回来，埋藏在洞穴旁边。刚刚埋好，就见卡塔走了过来。瑞格立即跑到自己刚才埋藏北极鼠的地方，冲着卡塔龇牙咧嘴，警告丈夫卡塔："不要靠近，不要到这儿来！"

从那以后，瑞格每次都会把捉到的猎物埋藏起来，不让丈夫碰。

有一天，还发生了一件更加异常的事。

这一天，瑞格先钻进了洞穴，卡塔像往常一样跟在后边也要进洞，万万没想到，瑞格却回过头来对它大吼大叫，警告它不要跟进来。

卡塔大吃一惊，只好满心疑惑地退了出去。接下来的日子，卡塔总是想方设法去安抚自己的妻子。可是无论它怎么表现都无济于事，双方就这么僵持了一个星期。卡塔总想讨好妻子，但总是没有什么效果。

接下来，更严重的事情发生了。

一天早晨，卡塔醒来的时候，却没有看到妻子，于是它赶紧四处寻找，最后，卡塔便打算进到洞穴找找看，可当它刚钻进洞口，洞穴深处就传来瑞格愤怒的吼叫声："你出去！不许进来！"

卡塔吓了一跳，不知如何是好，只好悄悄地退了出去，待了一会儿，就独自出去狩猎了。

海边的悬崖峭壁上有很多鸟巢，春天一到，鸟巢里的雏鸟相继出生了。

捉雏鸟是卡塔的拿手好戏。它先爬到悬崖顶上，再从那里跳到峭壁中间的鸟巢，然后叼起巢中的雏鸟再跳回地面上。这样的下跳很危险，不过卡塔身手矫健，从未失过手。

卡塔叼着一堆雏鸟回到自家的洞穴前，然后温柔地叫着情绪不稳定的妻子。当卡塔把猎物朝前挪一挪，放进洞穴入口处时,洞穴深处突然传来瑞格的吼叫声。

卡塔吓得赶紧放下猎物,匆匆逃离了洞口。

那天晚上,卡塔回来一看,自己放在洞口处的那些猎物还是原封不动地放在那里。可第二天早晨醒来,它高兴地发现,那些猎物不见了——看来妻子终于接受了自己捕来的猎物。

就这样,卡塔每天都高兴地出去狩猎,捉到猎物再送回洞口。它每天送去的猎物,都会被妻子毫不客气地吃掉。

尽管如此,瑞格还是躲着卡塔,不让卡塔见自己的面,卡塔一直很迷惑,不知道出了什么事情。

已经是六月末了,这时,北极地区迎来了极昼的季节。

这一天,卡塔捉到了一只兔子,它叼着兔子一回到洞穴,就发现瑞格居然正在洞外向阳的土坡上晒太阳呢。

卡塔马上凑了过去,瑞格还是没有理它,独自钻进了洞穴。

叼着猎物的卡塔试探着把头伸进洞穴,幸运的是,这次没有再听到妻子那可怕的吼声,看来,妻子的情绪终于变好了。卡塔小心翼翼地走进洞穴，猛然听到了洞穴深处传来阵阵微弱的叫唤声。卡塔一下子就明白了这些天洞穴里到底发生了什么事情，没想到自己已经当爸爸了。

五

当卡塔被允许重返妻子身边时，那些孩子的眼睛刚好能够睁开。

从这天晚上开始，卡塔又开始与妻子还有刚出生的小宝贝一起在洞穴里睡觉了。每当妻子出洞晒太阳的时候，卡塔就会留在洞穴里照看着自己的孩子。

看上去荒芜可怕的岛上，对于卡塔这些野生动物来说，似乎算不上什么理想的生活场所。

有柳树和草丛的地方被北极鼠占据了，山丘上，到处都是野兔打的洞。海边，成千上万只海鸟在那里筑巢，岸边茂密的草丛里，居住着鸭子和大雁等鸟类。山的高处、松软的陆地上，甚至悬崖上住着的鸟就更多了。

每年的五、六月，各种鸟类进入繁殖旺季，鸟巢里，不断会出现鸟蛋和孵出的雏鸟。

一到这个季节，卡塔一家的食物总是非常丰盛。

海里的鱼和小虾，以及偶尔看到的被强大对手杀死的海狗都能成为卡塔一家的美食。

当然，岛上也并非都是美食，因为在这个岛上还有它们的敌人——白狼夫妻。它们的窝就在山里。此外，岛上还有让卡塔一家非常害怕的狼獾。

北极熊纳努夫也经常会从海上游过来。只要它一来，海边的鸟巢就会被全部毁掉，搁浅在海边的鲸鱼也会被它吃个精光。

纳努夫摇晃着巨大的白色身躯，缓慢而又疯狂地吞食着岛上其他居民的猎物。这就像过去的贵族从农奴手里把全部的农作物都给搜刮走一样，令卡塔非常讨厌。

这个岛上还生活着两三头长着大大的鹿角的驯鹿。虽然驯鹿步履缓慢，但卡塔想猎杀它们却是根本不可能的，因为相对小小的北极狐来说，它们的体形实在是太大了。

当然了，岛上还有很多卡塔可以猎捕的动物，可以作为卡塔一家的美食。而卡塔对付不同的动物时，会有不同的猎捕办法。

比如，捕捉北极鼠时，卡塔会先偷偷地溜进北极鼠隐藏的草丛中，随后抬起前脚站立，一动不动地向四周张望。用不了多久，身边浓密的草丛就会摇动起来，这个时候卡塔就会猛扑过去，迅速按住摇动的草丛。

虽然并没有看清北极鼠的身影，但是卡塔一般都不会出错。它把草丛和北极鼠一块儿按住，然后一口咬住按住的草丛，这样就把藏在草丛里的北极鼠给咬死了。这个岛上的北极鼠多得数不清，卡塔只需要用这种非常简单的方法，就可以轻松地捉到它们。

不过，捕捉兔子就没有这么简单了，更需要智慧。

北极兔眼睛敏锐，耳朵异常灵敏，逃跑的速度飞快，身子极为灵活，想捉到它们并非易事。但是，北极兔生性固执，通常总是死蹲在自己认为前面没有敌人的一个地方。

当卡塔发现有兔子在前面蹲着时，就会大摇大摆、若无其事地朝兔子走去。它并不像其他猎食者那样把身体隐藏起来，偷偷地靠近，而是故意让兔子看到它。这种情况下，北极兔往往就会天真地认为"这狐狸还没有发现我呢"，于是会继续在原处蹲着不动。

就这样，卡塔在兔子面前往返几趟，一点点朝兔子靠近，当它有十分把握能一下子抓住兔子时，就会迅速转过身来向兔子猛扑。此时，兔子已毫无退路。卡塔这一猛扑，准能捉到兔子。

当然，兔子还有别的逃跑办法，不过卡塔捉它们的办法也会随之而变化，而且变得更加巧妙，所以北极兔要逃命并不是很容易的事。

从猎捕北极兔可以看出北极狐卡塔的智慧，但它还不是岛上最聪明的动物，这一称号雷鸟妈妈才当之无愧。

六

七月的一天，卡塔盯上了雷鸟一家。

见到有敌人跟踪，雷鸟妈妈立刻发出了尖厉的叫声，提醒自己的孩子们小心。等孩子们都隐藏好之后，雷鸟妈妈就趴在显眼的位置，"吧嗒吧嗒"地扇动起翅膀。卡塔以为机会来了,便朝雷鸟妈妈猛扑过去,但是雷鸟妈妈轻轻一闪,就躲到了另一边,但它并没有逃走,而是继续"吧嗒吧嗒"地扇动着翅膀。

当卡塔再扑上去的时候,雷鸟妈妈又迅速地闪到一边。这样,卡塔就被雷鸟妈妈一点点地从它孩子的身边给引开了,等确信自己的孩子没有危险了之后,雷鸟妈妈突然腾空而起,迅速地飞走了。

卡塔呆呆地目送着逃走的雷鸟妈妈,心里满是问号。它不明白,刚才雷鸟妈妈的翅膀明明是断了的,只会趴在地上扑棱,怎么突然间又能飞了呢?

这就是雷鸟妈妈的智慧,它故意装成受伤不能飞的样子,把卡塔诱骗过去,等把卡塔引开之后,再飞回孩子们藏身的地方。

有一天,卡塔嘴里叼着几只北极鼠回了家。在洞穴旁边,它看见瑞格和孩子们正在晒太阳。

小家伙们个个都长得圆鼓鼓的,青色的毛皮,圆圆的小脑袋就像老鼠一样;从外表上看,它们的尾巴也一点儿都不像狐狸,只有那闪亮的眼睛与卡塔和瑞格极为相像。

一看到自己的父亲，孩子们似乎都有些恐惧，慌忙钻到了母亲的肚皮底下。卡塔走过来，把叼着的北极鼠放在妻子身边。瑞格咬住了其中的一只北极鼠。见母亲这样，小家伙们才从母亲肚皮底下跑出来，接二连三地扑向眼前的美食。它们步履蹒跚，十分可爱。

小狐狸扑到了北极鼠身上，面对眼前的美食却不知道该如何下手，只能叼着已经死去的猎物来回甩动，虽然只能这样玩耍，还不能吃下猎物，但是，小家伙们已经兴奋得不得了了。

这就是小狐狸学习狩猎的第一步。

有一天，卡塔到海边寻找食物。

走着走着，卡塔猛然间觉得似乎有什么动物在盯着自己。它连忙向四周察看，发现身边高高的草丛里有一只他从未见过的大个儿的野兽。

卡塔停下了脚步，紧盯着那只野兽。它比卡塔大多了，头和后背是灰色的，身上其他地方都是白色的。

这家伙的后背非常宽阔，双肩隆起，显得非常强壮。它的眼睛闪烁着黄光，光芒里透着淡淡的恶意。

无论怎么看它都不是一个善茬，卡塔紧张得后背上的毛都竖起来了。

见势不妙，卡塔转身飞快地逃跑了。那家伙也从草丛里跳出来拼命追赶卡塔。

其实，这大家伙就是那只可怕的白狼。狼的后腿很长，若是在雪地里它兴许还能追上卡塔。但是，幸好现在是在海边。卡塔飞跑着，像长了翅膀似的，速度飞快，转眼间就把白狼甩出了老远。

卡塔对自己奔跑的速度一直都充满自信，它飞跑着，打算尽量把白狼引到远处，使它远离瑞格和自己的孩子们所在的洞穴。

卡塔引诱白狼跟着它兜圈子。可是，糟糕的事情还是不可避免地发生了，因为，瑞格突然出现在了山丘上。

如果瑞格当时知道卡塔是在引诱敌人的话，它绝对不会在山丘上现身的。可当时它并不知情，还以为它是在追赶兔子呢。当它站在沙丘上一看，不觉倒吸了一口凉气，原来自己的丈夫正被一只白狼发疯地追赶着呢。

白狼看见瑞格，于是，它不再追赶卡塔，转而向瑞格扑了过来。

七

慌乱之中，受了惊的瑞格竟然做出了错误的选择，朝自己洞穴的方向跑过去了。

瑞格慌忙钻进了洞穴，白狼尾随着也来到了洞口，随即开始挖掘起洞穴。

卡塔在远处看到了这一切，急得团团转，但是，它只能干着急，想不出更好的办法。洞穴里的瑞格和孩子们都被疯狂的白狼吓得瑟瑟发抖。洞穴外，卡塔只能看着白狼挖洞而无可奈何地在远处徘徊。

白狼拼命地挖着，企图钻进洞穴里来。它的头把洞口堵得严严实实，它的气味迅速扩散进了整个洞穴。闻到狼的气味，狐狸母子都要吓晕过去了。

洞穴入口处的土中掺着沙子，非常松软，很容易挖掘，白狼很快就把洞口的土给挖开了，可接下来再想挖就挖不动了。因为，挡在洞穴入口处的那两块大岩石挡住了白狼，白狼无论怎么折腾也无法把头从岩石中间伸进去。

当初的选择真是太正确了,选择这里做洞穴说明瑞格是个非常聪明的母亲。

白狼发了疯似的咬着岩石,可是无论它怎样折腾,岩石依旧纹丝不动。

见白狼进不了洞穴,卡塔这才松了一口气。它甚至趴在山丘上,观赏起白狼大咬岩石的闹剧。

白狼抓咬着岩石,使出了浑身解数,最终还是以失败告终。不久,白狼肚子饿了,只好放弃挖掘洞穴,寻找更容易捕捉的猎物去了。从此以后,白狼的踪迹很长时间都没有再出现过。

辽阔的北极海面上,经常会有闪动着银光的北极鳟鱼跃出海面。这种鱼肥硕味美,却极难捕捉。

海面上常常飞翔着一种掠食成性的白色海鸥。这种海鸥贴着海面飞行,能像老鹰似的把浮在水面上的鱼儿飞快地捉住。它们还时不时地飞到悬崖峭壁上偷袭鸟巢,把鸟蛋或者雏鸟吃掉。

六月的一个早晨,天空非常晴朗,强劲的海风也暂时停了下来,卡塔来到了海边。

一只白海鸥在海面上悠闲地飞着。

卡塔目不转睛地盯着，开始打起了海鸥的主意。

这时，海鸥展开长长的翅膀在空中停住了，随即，它头朝下一个猛子扎进海水里。

"啪"的一声，水花四溅。当它从水里钻出来时，嘴里已叼了一条大大的鳟鱼。由于猎物太大，海鸥现在飞起来有点儿吃力。不过，海鸥似乎并不想放弃好不容易到手的这条鳟鱼。它叼着这条活蹦乱跳的鳟鱼，使劲往水面上拽，如果不赶紧把鳟鱼从水里拽出来，鱼就会趁机逃掉，自己也会有危险。

海鸥拖着沉重的鳟鱼很快到达了岸边，鳟鱼使劲地挣扎，想要逃走，海鸥好不容易才把鳟鱼从水里拖到了海滩上。

到了海滩，海鸥便长长地松了一口气。可是就在海鸥喘息着休息的一刹那，卡塔突然冲了上来。海鸥惊恐万分，丢下到嘴的鳟鱼，大叫着迅速飞上了天空。

卡塔径直扑向鳟鱼，把这条肥鱼叼到嘴里后飞快地跑掉了。它选了一个僻静的地方，独自尽情享用着这份轻松得来的美味。

看到眼前的这一切，海鸥气得在空中大叫起来。

卡塔自己吃够了，才叼着剩下的鳟鱼回到家里。

跟往常一样，卡塔一回到洞穴，妻子和小家伙们就兴奋地出来迎接了，每当这时候，卡塔都会感到无比幸福。每天都有家人出来迎接自己，的确是一件非常开心的事情。

见是鳟鱼，小家伙们立即欢蹦乱跳吵闹着扑了过来。

卡塔就像逗它们玩似的，把鳟鱼高高地举了起来，见它们急了，才把鱼放了下来。它刚把鱼放下，小家伙们就一拥而上，大吵大闹地朝鳟鱼扑了过去。卡塔和瑞格把嘴咧得大大的，微笑地看着这些狼吞虎咽的小家伙。

转眼间，鳟鱼就被小狐狸们撕成了小碎片，随后就全都进了小家伙们的肚子里了。

八

瑞格的乳汁渐渐减少了，小狐狸们也该断奶了。

瑞格在生产前，曾在洞穴旁边埋了许多北极鼠，现在，那些北极鼠仍然在地底下埋着，没有腐烂。这是因为地面深处的土仍然冻着，把北极鼠埋在那里，就像把它们放进冰箱里一样，是不会腐烂的。小狐狸们长大了些，能自己找东西吃的时候，它们就会刨小坑玩。这样一来，母亲以前藏起来的北极鼠就会被它们一只只地挖出来吃掉。

现在，狐狸一家每天的生活都过得非常幸福。它们有充足的食物，一家人每天都把肚子填得满满的，健康快乐地过着每一天。

尽管有时候会变天，时而狂风大作，时而暴雨如注，但这些并没有太让卡塔一家烦恼，反倒是天气的变化让狐狸一家更加感受到大自然的神奇与伟大。

小狐狸们的身体逐渐强壮起来，它们之间现在争斗不断。它们在很小的时候，相互间用牙齿撕咬着玩耍并不会造成什么伤害，甚至还能在玩耍中锻炼它们的捕猎技巧；可现在它们长大了，牙齿变得非常尖利了，这时候再互相撕咬的话，小狐狸身上的皮就会被咬破，有的甚至还会流血受伤。

小狐狸们该独立了，该离开父母独自谋生了。而卡塔和瑞格也隐约感觉到与孩子们分离的日子快来了。

夫妻俩现在仍然像从前一样一起出去狩猎，每天带回来很多猎物。但是，现在它们不再把猎物放到洞穴旁，而是放到远离洞穴的草丛里，有时甚至还会把猎物埋在地下。小狐狸们要想吃到，就必须先找到猎物才行。

狐狸父母正是通过这样的方式锻炼小狐狸，让它们学会寻找食物的。

夏天快结束时，猎物逐渐多了起来，这个季节里，雏鸟一个接一个出生了，北极鼠以及小土拨鼠都长大了。

卡塔每天都能捉到很多长得圆滚滚的北极鼠。它一天出去狩猎十多次，肚子经常被撑得鼓鼓的。

填饱了肚子，捉土拨鼠和北极鼠就变成了一项非常有趣的游戏了。卡塔每次捉到这些猎物，都把它们带回来，埋到地下，埋藏猎物的地点离洞穴很远，这样做为的是不让小狐狸们发现。

母亲瑞格同样也是这么做的。

在挖洞埋藏猎物时，它俩每次都要挖到冻土层，

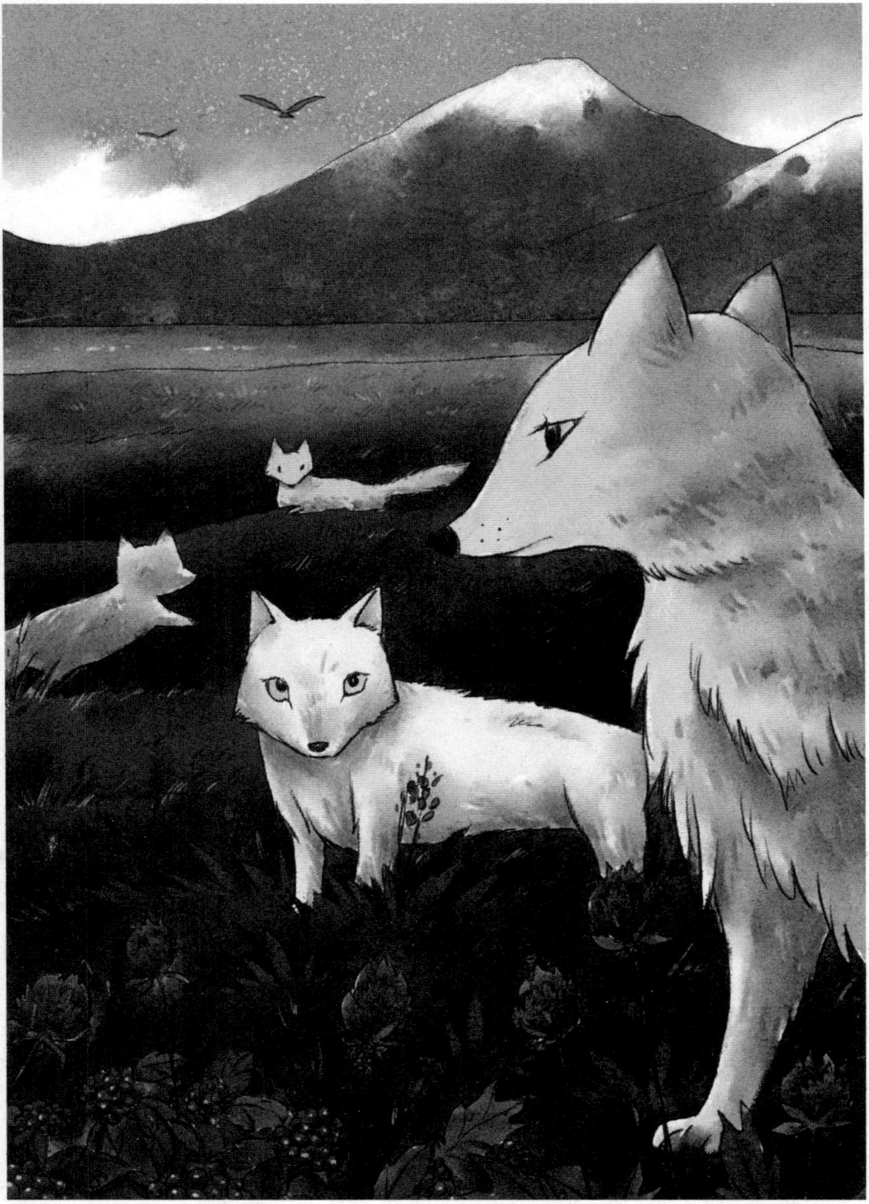

这样才能利用冻土的低温，保证埋藏的猎物新鲜，不会腐烂；埋好以后，它们还要在那里留下自己的气味作为记号。

一到九月，岛上的环境就开始发生了变化。夜里开始有霜降，天气也开始变冷了，甚至雪花也纷纷扬扬地飘下来了。在这个季节，绿草渐渐变成茶色，山莓、橘子，以及各种植物的果实都大量成熟了，卡塔和瑞格的孩子们便开始用这些果实充饥了。

卡塔夫妻仍然同小狐狸们住在一起，雄狐狸崽现在长得比母亲都高大了，它们开始抢夺母亲的食物，胡作非为到了让父母难以忍受的地步。

父亲卡塔身强体壮，当小狐狸再扑上来胡闹时，它就追上去把它们教训一通，那种情景就像一家人在激烈地打架。

现在，到了狐狸父母与孩子们必须分开的时候了。

成年北极狐夏天皮毛的颜色是茶色的，小狐狸身上则是带有蓝底的灰色。九月以后，成年狐狸与小狐狸的皮毛颜色就开始发生了变化。进入十月，不论大小狐狸，皮毛都变成了像雪一样的白色。

十月,当卡塔一家身上的皮毛都变白的时候,北极漫长的黑夜也就来到了。在这漫长的黑夜里,卡塔夫妻与孩子们终于分开了,小狐狸也终于离开父母独立生活了。

卡塔和瑞格也离开了那个洞穴。那个曾经见证了狐狸一家快乐生活的洞穴,很快就被废弃了。

九

十月末,北极的寒冬真正到来了。

海面开始结冰了,冰面逐渐变大变厚。

岛上到处都是一片银白的冰雪世界。

山上群居的驯鹿,在年长而又聪明的驯鹿带领下,开始向遥远的南方迁徙。

驯鹿群一出发,就被一只狼盯上了。这只狼就是曾经挖卡塔一家洞穴的那只白狼。对狼而言,驯鹿这种猎物太过庞大了,很难猎取;但是,如果驯鹿当中有生病的、有年老体弱走不动的,白狼猎取的时候就容易多了,这就是白狼追随在驯鹿群后面的原因。

在缺少食物的寒冬里,哪里能找到食物,狼就会到哪里去。

这个季节,天空也跟着热闹起来。鸟儿们也萌生了"到南方去"的念头,并且,这种念头越来越强烈了。于是,长着翅膀的鸟儿们踏上了漫漫迁徙路。这个时候,在北极的天空中,昼夜飞的都是那些南迁的鸟群。

野兽们也跟着躁动起来,驯鹿和狼你追我赶一路向南去了。卡塔所在的地方是个岛屿,当海面结冰后,周围就变成了一望无际的陆地,没长翅膀的野兽们都踏着冰面四散而去了。卡塔的孩子们也各奔东西了,它们想去旅行的愿望在这个季节变得异常强烈,因为,现在岛上的食物越来越稀缺了。以前在海边还能找到可吃的东西,但现在整个海面都冻住了;海鸥和雷鸟都飞向了南方;兔子跑得快很难捉到;旱獭和土拨鼠进入了冬眠,从地面上销声匿迹了;而北极鼠在积雪下边也不太容易找到了。

体格比较弱的狐狸几乎与驯鹿同时去了南方。它们一边吃掉途中能吃的东西,一边继续南迁。

有的狐狸会一直迁徙到北极最南端的哈德逊湾附近。第二年春天一到,那些狐狸就会各自寻找出路,有的在陌生的土地上相继死去,幸存下来的狐狸也会在那一年的夏末不知去向。

卡塔和瑞格也强烈地想去南方。许多天来它俩一直都心神不定,坐卧不安,但是到南方的路太漫长了,这使得它们犹豫不决,最终留下来的想法还是占了上风。在这里有它们夏天埋藏起来的食物,还有自己辛苦建起来的洞穴,这促使它们决定留下来,而没有和那些年轻的狐狸一起迁往遥远的南方。

卡塔和瑞格决定分开,独自度过严酷的冬季。因为,在这段艰难的时期,本应由一只狐狸吃的东西如果被两只狐狸分着吃了,那么,最后两只狐狸都有可能被饿死。

冬季里尽管饥寒难耐,卡塔还是学会了一些巧妙的狩猎方法。

有一天,北极熊纳努夫摇晃着巨大的身躯,不停地摆动着脑袋在冰面上行走。卡塔心想,这个大家伙究竟要干什么呢?于是它悄悄地跟在纳努夫后边,想要看个究竟。

可还是被纳努夫发现了，纳努夫猛地转过身来追赶卡塔，卡塔吓得赶紧逃走了。卡塔跑得非常快，纳努夫很快就被甩在了后边。

看到比自己强大得多的敌人追不上自己，卡塔觉得有趣极了。等纳努夫不再追它了，卡塔就又转身，继续跟在它的身后。

过了一会儿，卡塔发现纳努夫的举止突然变得非常怪异，就见它轻轻地摇晃着长长的脖子，张开黑黑的鼻孔，脸颊上的毛倒竖着，眼睛死死地盯着冰原的那边。

冰原那边有一块海面尚未冰冻，那里正流淌着像河水一样的涓涓细流。

纳努夫停下脚步，猛地伸了一下腰，后背高高地隆起，样子非常可怕。卡塔感到毛骨悚然，立刻逃开了。

这回，纳努夫并没有理睬卡塔，它抽动着鼻子继续向前走。

这时，一种美妙的气味随风飘了过来，卡塔又马上悄悄地跟在了纳努夫的身后。

很快，纳努夫又停了下来，开始匍匐着前进。这时，卡塔终于明白了纳努夫的目标——在尚未结冰的海水附近，躺着一只肥肥的海狗。

十

卡塔吃过海狗肉，去年春天，它就曾经在海边发现过早已死去的冰凉的海狗；现在，北极熊要攻击的可是活生生的海狗啊！想想真是诱人！

纳努夫行动缓慢，它摇晃着庞大的身体，躲在海面上隆起的冰雪后边，然后在冰面上灵敏地前行，它把身体紧贴在雪地上，尽量压低，就像粘在了雪面上一样。

对面的海狗只要一抬头，纳努夫立即就不动了。它那白色的身体伏在地上，就像是一块巨大的白色岩石，或是一个巨大的冰块。

见海狗低下头来，纳努夫又继续慢慢地靠近。海狗不停地转动着身体，不断地变换着方向，当它再次把头转向纳努夫这边时，纳努夫就立刻停止前进，伪装成一个巨大的冰块。

当海狗再次变换身体方向，背对着纳努夫时，纳努夫就又立刻前进，快速地爬到小雪山的后边，缩紧身体，等待时机。

突然间，纳努夫像弹簧一样，一跃而起，猛地扑向了海狗。

海狗还来不及反应，就被纳努夫给牢牢地按住了。纳努夫叼起海狗，把它拖到了冰面上，随后朝海狗猛击一掌，就把海狗给打死了，然后它就停下来享用起了美食。

海狗的香味飘了过来，可卡塔也只能在旁边眼馋地看着，不敢到北极熊身旁去。

不一会儿，不知从什么地方飞来两只大鸟，它们当然也是被海狗的味道吸引过来的。

纳努夫填饱了肚子，叼着吃剩的海狗离开了，海狗的内脏和骨头渣散了一地。

纳努夫一离开，两只大鸟立即扑了过来，卡塔马上跳出来把大鸟赶走，纳努夫吃剩下的这点儿美味残渣总算还能填饱它的肚子。

天气变得越来越冷了。动物就越发需要食物来增加热量抵御严寒。海面上的冰已经冻得结结实实的,海狗也不再从冰洞里钻出来,纳努夫也要到很远的地方才能猎捕到食物了,卡塔不可能再跟在纳努夫的后面捡纳努夫吃剩的残渣了。

对留在北极过冬的动物来说,真正严峻的时候到了。这个时候,冰面上所有能找到的猎物都被吃光了,到哪儿都找不到能吃的东西了。

卡塔的肚子饿得像个棉布袋,干瘪而下垂,它已经两天没有找到一丁点儿能吃的东西了。

瑞格此时在距离卡塔很远的地方。在严酷的寒冬,狐狸夫妻彼此分开生活是最好的选择。如果在一起,它们一旦外出觅食时踩到尚未冻透的冰面,冰面有可能会支撑不住它们俩的体重而裂开,它们就会掉到冰冷的海水里,多数情况下难以生还。况且,它们一起捕猎也很难遇到什么猎物能大到足够由两只狐狸一起来分享。

暴风雪的日子也渐渐地增多了,卡塔和瑞格在北极的严寒之中还要忍受难以忍受的饥饿。这种饥寒交迫的日子实在是太难熬了。

饥肠辘辘的卡塔常常在冰面上焦虑地四处走动。虽然在北极的严冬里找不到什么可以填饱肚子的东西，但卡塔并没有沮丧，只是不停地在冰上走动着。

眼前一片雪白，耳朵里听到的只有风声。风一停，四周就安静得有点儿吓人。

卡塔逆风而行，忽左忽右地走着"Z"字形路线，它一边前进，一边左右耸动着鼻子，分辨着寒风传递过来的信息。

一阵阵的寒风向它传来了各种各样的信息。有冰的气味，有微弱的大海的气味。之所以微弱，那是因为尚未结冰的那片海距离这里很远很远。风里还夹杂着岩石的气味，这种气味的源头离这里不远。卡塔现在正在朝岩石气味的源头方向前进。

卡塔在空旷的银色世界里前行着，它的鼻子就像雷达一样，不断校正着前进的方向。

一天，闪烁着微弱光芒的太阳从地平线上刚一露头就又沉了下去。在黑暗的夜色中，卡塔深深地吸了一大口气。

寒风中裹挟着大量岩石的气味，这气味卡塔太熟悉了，因为这种气味就是这个岛上那座大山的气味。

卡塔在冰雪世界里转了一大圈又回到了自己曾经居住的大山，然而漫山遍野都是冰雪，一点儿也见不到活的生物。

曾经遍地都是北极鼠的这块土地，现在却在冰雪覆盖下变得死一般地沉寂。卡塔回到了故乡，它在自己鼻子的提示下继续走着"Z"字形的路线。

北极的月亮缓缓地爬上了天空，整座大山都被照得轮廓分明。

卡塔走在洼地上，很快，它的鼻子猛烈地抽动起来。它停下了脚步，从风中捕捉到一些微弱的、自己留下记号的气味。

它兴奋得连忙向气味的源头走去。到了那里，它停下了脚步，开始用前爪刨雪地上的雪，雪很快被刨开，下面的土露了出来。

它拼命地挖呀、挖呀，口水滴滴答答地流了下来。

原来这块地底下埋藏着自己夏天时储存的北极鼠。

卡塔专心地挖着，连头都要埋进土坑里了；这时，周围突然响起了可疑的声音。

十一

卡塔一惊,连忙停止了挖掘,把脸从坑里露了出来。它睁大眼睛,惊恐地朝发出声音的方向看去。白雪皑皑的地上似乎有什么东西在动,这个东西除了眼睛和鼻子是黑色的,身上其他部位都是白色的。

"是白狼?"卡塔暗想。要是遇到白狼那可就糟了!它提提鼻子,风中传来的是居然是久未见面的妻子瑞格的气味。

卡塔有些疑惑,但来的果然是瑞格!在卡塔神思恍惚间,瑞格带着满脸的思念跑了过来。它们用炯炯有神的目光互相打量着对方,用鼻子互相嗅着对方的气味。

证实不是敌人之后,卡塔又回到刚才挖掘到一半的的土坑那里,又挖了片刻,把埋藏的猎物挖了出来。它刚要独自开吃,瑞格就靠了过来:

"哼!"

瑞格用鼻音提醒卡塔,意思是:"你就不给我吃点儿吗?"

卡塔摆动起了尾巴,有点儿不好意思地说:

"你也一起吃吧!"

于是瑞格毫不客气地把头伸进了土坑里,和卡塔一起吃起了刚被挖出来的北极鼠。

这里一共埋藏了十多只北极鼠,卡塔和瑞格这次总算吃了个够。

填饱了肚子,卡塔和瑞格又各奔东西了。这次卡塔打算向北走,出发之前,它把身体缩成了一团,先在雪堆里睡了一觉。

醒来后,卡塔开始向北前进,走着走着,整座大山就被它甩在了身后,接着,它又开始走在结冰的海面上。

卡塔一直向北,它想到北面的大海边碰碰运气。

当卡塔到达海边时,太阳已经沉下去五次了。

卡塔眼前的这片海滩非常宽阔,但是这里也找不到它能吃的东西。

自从吃过了以前储藏的北极鼠后,卡塔就再没有吃过任何东西了,它强忍饥饿,仔细地辨别着风中的气味,四处寻找着。

很快,卡塔就来到一片非常陡峭的地方。它伏卧在雪地上辨认着眼下这片广阔的土地。

风向突然变了。卡塔嗅到了风中飘来的一种气味。它身上的毛一下子竖了起来，这是狼的气味！

卡塔赶紧躲到雪堆里，一动也不敢动。因为身体和周围的白雪融为了一体，所以，只要它不动，敌人是难以把它和周围的环境区分开的。

卡塔长时间观察着周围的动静，已经疲惫不堪了。所以，这时卡塔的眼睛和鼻子已经不那么灵敏了。

远处的山丘上出现了一个灰色的东西。

"真的是狼！"

卡塔的心开始颤抖起来。夏天那只白狼挖掘自己家洞穴的恐怖情形至今还犹在眼前呢！现在，置身于白茫茫的雪地上，真要被这只白狼追赶，那么肯定是腿长的狼获胜。

卡塔打起精神悄悄地站起来，想偷偷地逃走。

它往前跑了一会儿，就听到从远方传来的流水声。再往前走，流水声越来越大了。不久，卡塔的眼前出现了一个大大的裂缝，原来自己听到的流水声是裂缝里的海水流动时传出来的。

卡塔接连越过几个冰的裂缝，跳了一会儿，眼前出现了一个更大的裂缝，周围都是海水，冰块起起伏伏地在水里漂着。卡塔再也不可能越过去了。

无论是谁，但凡在旅途中遇到一场虚惊，都会强烈地想返回自己的故乡去。卡塔被狼这么一吓，很想马上就回到自己居住的那个岛上。

但是现在，卡塔再也无法回到岛上去了。

卡塔只好根据自己鼻子指示的方向转向了西面。

"这可是狼的地盘呀！"

卡塔一点儿也不敢放松警惕，继续往前走着。在大岩石环绕的海峡，卡塔似乎已经把狼的气味都忘记了，它使劲嗅着另外一种强烈的气味。卡塔熟悉各种不同的气味，刚才闻到的那种强烈的气味可是最上等的食物发出来的啊。

卡塔朝那种气味发出的方向跑去，它站在另外一处海峡尖上俯视，看到远处有许多它从未见过的东西。海边摆放着很多像是用雪做成的大大的、圆圆的面包，在那些大面包的顶上，源源不断地冒出一股股烟雾状的东西，就像鲸在喷水一样。可是，它们喷出来的东西不是白色的,而是像土那样的纯黑色。

在那些雪面包旁边,还有很多像海狗似的动物,它们身边还有一些像用鳍尾立着走动的大动物,更可怕的是,在那些很像海狗的动物中间,还有一些像狼一样走来走去的动物。不过,令它疑惑不解的是,在那里四处走动的这种狼的气味怎么与它以前熟悉的狼的气味不同呢?

十二

"快弄点儿好吃的东西来吧!我可饿坏了!"

卡塔还在迟疑,它的胃已经向它提出了强烈的抗议。

卡塔从海峡的高处慢慢地爬下来,然后躲在了隐蔽的地方,开始一点点地向着那个发出诱人气味的地方移动。现在,它必须动一番脑筋才有可能把食物弄进自己的肚子里。

卡塔总觉得那些雪面包似的东西,就是用鳍尾立着走路的那些动物的洞穴。因为那些动物正频繁地进出雪面包呢。

卡塔爬上一处高高隆起的雪堆，然后从雪堆上向对面滑过去，这样它就非常巧妙、非常轻松地到了那个雪堆的顶上。

雪面包顶上立着一根长长的木棒，木棒顶端不知悬挂着什么东西，正释放出一种诱人的香味。

卡塔用力伸长自己的身体，想把那挂在高处的好吃的拽下来。就在这时，那些像狼一样的动物突然叫了起来："汪汪，汪汪！"

原来，这种像狼一样的动物是狗。狗的吼叫，彻底打碎了卡塔美餐一顿的梦想。它赶紧抽身逃跑。可是，由于它的肚子干瘪太久了，它浑身早已没有多少力气了，根本不能像往常那样风一般地奔跑。

卡塔摇摇晃晃地跑进洼地，一只大狗从后面追了上来，这是一种巨型犬，体重超过卡塔十多倍。

见狗追了上来，卡塔居然做出了令人意想不到的举动，它躺倒在地，四肢举向空中。

见到这种情形，大狗可是吃了一惊，因为，躺在地上举起四肢表示的是绝对的服从，这可是那些小狗玩的把戏呀，没想到眼前这只像小狗一样的动物居然朝它做出这么一个"来玩呀"的引诱动作。

这只大狗是雪橇犬利塔，见卡塔诱惑它过去玩，它立刻改变了主意。它原本是打算追咬卡塔的，现在却和卡塔玩耍起来。

很快，其他的狗也追过来了，这些狗一过来就向卡塔扑去。大狗利塔护住卡塔，不让那些狗靠近它，而卡塔也紧贴着利塔，寸步不离。

"利塔，它是狐狸，不是狗。快把狐狸杀死！"

后面追上来的那些大狗大声地冲着利塔喊道。

它们不停地大声狂吠，声音极其恐怖，利塔的态度也随之发生了改变，它一个转身就咬向了卡塔。卡塔迅速地还击，一口咬住了巨型犬利塔的鼻子，利塔大叫着想用力地甩掉这只狐狸，但是卡塔却死死地咬着它不肯松开。

最终，身强体壮的利塔还是把卡塔给甩开了；就在卡塔被利塔甩出去的那一瞬间，另一只大狗猛扑上来，一口咬住了卡塔；随后，其他的大狗也蜂拥而上，撕扯卡塔的身体，转眼间，卡塔就被这些大狗撕得粉碎。

卡塔就这样被这群大狗无情地撕成了碎片,它的一生也就此完结了。这就是北极严酷的大自然里的生存法则。

就在卡塔被大狗撕咬时,那几只像是用鳍尾立着走路的动物从冒着黑色烟雾的洞穴里跑了出来。

其实这些动物就是人类。人们来到卡塔的尸体旁,把那些狗赶到了一边,有些生气地说:

"这只狐狸虽然个头儿很小,却非常有勇气!太可怜了!"

在卡塔死后不久,山上的鸟儿开始报春了:"春天来了!春天来了!"

傍晚,寂静的山里传来了另一只北极狐寂寞的呼叫声——"卡塔,你在哪里?……"

瑞格呼喊着。然而它却听不到卡塔的任何回应,瑞格哪里知道,自己从此再也听不到丈夫的回应了!瑞格四处游荡着,不断地在路旁的石头上留下自己的气味,留下写给卡塔的信。

每天晚上,就像往常一样,瑞格刚一叫喊完,就听到了夹在风中的雄狐狸的声音。瑞格立刻会向声音发出的方向奔去,但是一见出现在眼前的不是自己的丈夫,瑞格就又马上逃开了。

"咕噜噜——"

"咕噜噜——"

瑞格那寂寞的叫声在月光下的山里和黑暗的夜空里一遍遍回荡着。

十三

北极的月亮悄悄地爬上来了,挂在低低的空中,然后又沉了下去。

时常有雄狐狸在回应瑞格的叫声,瑞格总是侧耳倾听,然后立刻循着声音找过去,但每次总是大失所望。因为那些雄狐狸都不是它日夜想念的丈夫卡塔。

北极狐恋爱的季节很快就结束了。

短暂的春天一过去,夏天马上又到来了。山野间的北极鼠一下子多了起来,瑞格开始疯狂地捕捉北极鼠,然后把它们埋藏起来,为过冬储备粮食。不过,瑞格仍然深感寂寞，它心里非常悲伤，因为它总也找不到自己的丈夫卡塔。

送走了短暂的夏天和秋天,漫长的寒冬就又来临了。这时，瑞格再也没有时间去思念卡塔了，因为它必须考虑该怎样熬过严冬了。

又一个春天到了。这是北极山野中最美好的季节。冬天那银白的大地换上了绿装，各种颜色的美丽花朵竞相绽放。

经过了一年多的时间，瑞格好像已经淡忘了卡塔，不再去想它了。

又到了狐狸们恋爱的季节，瑞格又在傍晚的微风里唱起北极狐的情歌。

"咕噜噜——"

"咕噜噜——"

瑞格每天晚上都在唱相同的情歌。

有一天黄昏，瑞格爬上山，找到一个很好的观察点，伏了下来。黄色的月亮爬上了天空，瑞格欣赏着美丽的月亮，却无意之中听到了令它心潮澎湃的声音：

"咕噜噜——"

"咕噜噜——"

声音遥远而微弱,但仍能听出是强壮的雄狐狸发出的声音。

听到这种声音,瑞格就在原地趴了下来。此时,雄狐狸的声音一声接一声地传来,并且那声音距离瑞格已经越来越近了。不久,这种声音来到了瑞格近前。瑞格"咕噜噜"地叫了一声后就又趴在地上不动了。

听到瑞格的叫声,雄狐狸立刻跑了过来。瑞格一躲开,雄狐狸就又叫了起来。瑞格没有回应,只是"吧嗒吧嗒"地摆动着尾巴,这种动作同最初与卡塔相遇时一模一样。接着,瑞格从躲藏之处走了出来,就见一只雄狐狸正站在那里。

瑞格小心地靠拢过来,开始绕着圈子嗅对方的气味,雄狐狸也在嗅着瑞格的气味。当瑞格弄清楚雄狐狸的气味后,突然发起怒来,它张大嘴巴恐吓并驱逐起那只雄狐狸来。雄狐狸见瑞格龇牙咧嘴极其不友善,无奈地跑到远处的山坡上坐了下来。

瑞格很生气,它赶走了雄狐狸,自己却又感到无聊了。雄狐狸坐在山坡上,也是一副孤独寂寞的样子。

雄狐狸又唱起歌来，显然，它还在招呼着瑞格。瑞格小声地"咕噜噜"地回应着。它的叫声虽然很小，但这只雄狐狸还是听到了，于是，它就赶紧向瑞格的身边凑了过来。而此时的瑞格已经不再像先前那么凶了。雄狐狸非常礼貌地、小心翼翼地靠了过来，就这样，瑞格与雄狐狸渐渐地走到了一起。

它们能够相遇并且组成一个新家庭，其实，这也是大自然母亲的巧妙安排。这两只狐狸，尽管彼此完全不了解对方的过去，但它们都很清楚：在大自然中独自生活是多么冷清和孤独啊！